GOBOOKS
& SITAK
GROUP©

GOBOOKS
& SITAK
GROUP©

三日月書版

三日月書版

星際首席
検察官
author. YY的劣跡
illust. あさ
V
Chief Prosecutor of the Galaxy
三日月書版
輕世代 BL053

Chief Prosecutor of the Galaxy

Contents

characters
「我是即將拯救世界的救世主。」
有奕巳
衝動好勝，但並非一味莽撞，而是該贏的勝負全力以赴，一定會贏。
CHIEF PROSECUTOR OF THE GALAXY

characters
「你做得很好。（僅限有奕巳專用）」
慕梵
年齡：200↑
身分：王位繼承人
認定的目標決定不會放棄，認定的人絕對不會放手。
CHIEF PROSECUTOR OF THE GALAXY

characters
「有時候更希望自己是出生於普通家庭的普通人，
會過得更輕鬆一點。」
伊索爾德
是第一個與有奕巳成為朋友的
亞特蘭提斯人。
出生於亞特蘭提斯的大貴族家
庭，卻無法使用其種族的天生
力量，因此前往北辰學習。
CHIEF PROSECUTOR OF THE GALAXY

characters

「為堅守信念而不惜一切的人，信念崩塌時也將迎來毀滅。」

有琰炙

北辰軍校的優秀學員，上將有壬耀的獨子。
為人冷淡克制，專注於提升自己，身體卻有隱憂。

CHIEF PROSECUTOR OF THE GALAXY

第四十七章　雙龍戲珠（三）

龐大的艦隊，鋼鐵的軀殼，看似無堅不摧的力量，眨眼間，這些都變為一團碎屑，連屍身都無法尋回。

「第一第二艦隊覆滅！左翼軍潰敗！」

「總部請求……啊！」

一道火光襲來，通訊臺上的士兵瞬間沒了聲息。

周圍是一片慘烈光景，同陣列的星艦們都已破碎不堪，守衛在旗艦周圍的戰艦大多折損。刺眼光芒炸響，穿過無聲的宇宙，帶著死亡的沉默。

「上校！請盡快撤離！」副官抓著他的衣袖，「請撤回要塞，我們會掩護你！」

青年看著半身被血沾溼的屬下，望著窗外不斷被敵人攻破撕碎的同僚，沙啞著聲音問：「威斯康……校長呢？」

同是北辰出身的副官苦笑道：「第一艦隊旗艦全毀，無人生還。」

青年用力收緊手指，指甲劃破手心。

「上校，請盡快撤離！這裡不安全！」

撤離？

有琰炙看著不遠處，如飛蛾撲火一般送死的將士們，看著飄滿整個宇宙的殘骸碎屍。

他要撤到哪去？

撤回要塞，撤回北辰主星，然後呢，等著那幫人給他們最後一劍？

琰炙，你的使命是守護北辰！

——父親。

長庚星，可是點亮黑暗的星辰呢。

——爸爸。

如果你們說，我的職責是守護這片星空，守護這裡的子民。那麼，我就不該在此時離開。

有琰炙推開副官。

「照顧好你自己。」

「上校！」

副官徒勞呼喊，可有琰炙已經走遠。

他走進機甲艙，跨過死去的士兵冰冷的軀體，在破碎的機甲間徘徊，終於挑到了一架還可以使用的戰鬥機甲。

「上校？」

底下傳來呼喊，正進入駕駛艙的有琰炙一頓。

「果然是您，上校！」

一個穿著維修服的少年推開殘骸跑了出來。他臉上滿是血汙，可是看著有琰炙的眼睛卻在發光。

「您是要去要塞尋求援軍嗎?上校，請您救救大家！」

有琰炙看著他希冀的目光，許久才道：「……沒有援軍。要塞被困，自顧不暇。我們只能自救。」他戴上頭盔，「我要出去戰鬥。」

他準備關上駕駛艙，卻聽到一個聲音。

「請帶上我！我是機械師，可以隨時修理機甲的突發狀況！」

於是，一人出征變成了兩人。

一艘機甲在敵人的陣勢中，本來引不起多大的注意。可是在有琰炙精准的操縱下，機甲破開敵陣，帶出友軍，撕裂對方陣營，屢屢得手，竟然也挽回了些微劣勢。

少年坐在他身後的位置，擠出笑容道：「上校果然很厲害！要是大家都這麼厲害，就可以再多堅持一會了。」

他的雙手不停忙碌著，顯然正在修復著戰鬥引起的機甲損失。

「啊，可惜這裡沒有機械班，不然我就可以做更多調整了。」

「上校，你看，那邊還有我們的人！」

少年聒噪的聲音，有琰炙卻難得不嫌煩。因為只有這樣，在這到處是敵人、一片黑暗的宇宙中，他才能知道自己不是一個人。

在有琰炙的帶領下，剩下的機甲小隊逐漸聚集。然而，他們也因此吸引了敵方的重武力。越來越多的星艦將他們包圍，區區十幾架機甲逐漸不敵。有琰炙然成了加重攻擊的對象，面對集中的炮火，他逐漸有些應接不暇。

這樣下去，情況會變得更糟糕，就在有琰炙思考如何脫困時，他們被敵方幾艘星艦團團圍住，插翅難逃。有琰炙深吸一口氣，想，這就結束了嗎？

就在此時——

「讓上校突圍！」

「保護上校離開！」

「衝啊，兄弟們！」

幾架機甲驟然突破火力，衝到他身前，擋住射來的火光。

「你們——！」

有琰炙還沒來得及阻止，那幾架突出重圍的機甲，就成了灼熱雷射炮火下的飛灰。他雙目充血，低吼：「保持陣型，誰都不准擅自離開！」

然而，像是聽不見他的命令一般，剩餘不多的機甲戰士一個接一個地擋在他身前，為他承受攻擊。

「回來！」有琰炙嘶吼。

沒有人回來，他看到的是一道道燦目的火光，一個個永不回頭的背影。

明亮的炮火，碎裂的機甲，圓舞曲一般徘徊的硝煙與死亡，猶如螢光撲火，瞬間熄滅。

有琰炙心裡激蕩著壓抑的憤怒，他操縱機甲破開一艘敵方戰鬥艦，轟碎對方的機甲，伸出手想要挽回一些什麼。

轟隆——！

迎接他的只有更加猛烈的炮火，在團團火光之中，僅剩的一架機甲也搖搖欲墜。

一道雷射從有琰炙視線死角射來！關鍵時刻，副駕駛轉身格擋，替他承受這猝不及防的一擊。而副駕駛艙，也被雷射徹底貫穿。

「上校。」

被擊穿胸口的少年掙扎地看向他，像是看著最後的希望：「請你……守護大家……」

下一秒，他明亮的眼睛暗了下去，再沒有聲息。

只有隨著空氣一起漂浮在視線中的血珠，提醒著有琰炙什麼。

守護？

是守護你們沒有溫度的屍體嗎？

保衛？

我能做到的又有什麼！

有琰炙痛苦地扶住額頭，彷彿在很久以前，也曾經有類似的場景發生在他眼前。

殿下，請您先撤離！

殿下！

我們被設計了。

只有您一個也好，離開這裡，告訴外面的人……

只有我。

只有我活了下來，有什麼意義！

「這裡還有一架機甲！」敵人發現了漏網之魚。

「擊毀！」

炮火毫不留情地發出，輕易將機甲撕裂成碎片。

然而，誰都沒有預料到，與毀滅的紅光一同亮起的，還有一道亮徹天地的銀芒。

——美麗，聖潔，象徵著希望的光芒。

那一刻，無論戰場內外，所有人齊齊抬起了頭。

「怎麼會……這麼快？」

要塞內，親睹這一幕的西里硫斯，震驚又釋然。

遠在帝國出席宴會的慕梵右手一顫，打碎了手中杯盞。

而在另一個地點，剛剛收到雷文要塞被圍困消息的有奕巳，則是有些心慌地捂住了胸口。

那一瞬，他們心口好像有什麼東西裂開，再也回不到從前。

後世記載，共和國曆一七七三年，雷文要塞一役，北辰守軍傷亡慘烈。關鍵時刻，右翼軍副指揮有琰炙，突破乾階，進化至坤階，力挽狂瀾。

區區數行字，然而除了親自在場的人，再也不會有人瞭解到，那天究竟發生了什麼。

鋪天蓋地的銀芒，像是宇宙誕生之初的一片洪荒之光，覆蓋了整個宇域。敵人的艦隊與戰士，在銀芒的包裹下化為飛灰，不留絲毫塵埃。而己方的士兵們，望著這毀天滅地的力量，也是怔怔地說不出話來。

一臉狼狽的總指揮官洛恩倒抽一口氣：「這是、有人突破坤階，是有琰炙？」

蒙菲爾德喃喃：「坤階的異能者嗎？簡直就像是……」

簡直就像鯨鯊那樣恐怖，不，甚至比鯨鯊更恐怖。剩下的這句話，沒有人說出來。

戰局的扭轉只在一瞬之間，等所有人反應過來時，戰場上已經沒有了敵人。偌大的宇宙，只剩下黑色的殘骸，記錄著這裡曾經發生過什麼。

「還愣著幹什麼！」蒙菲爾德反應過來，「派人出去救援！能救多少，不，連屍體都給我全帶回來！」

「副指揮官，那裡……」

「讓我去吧。」西里硫斯推開門，白色的實驗袍第一次變得如此灰撲撲，他卻毫不在意。

「他剛爆發力量，你們去都不合適。我去接他回來。」

師兄。

琰炙。

哥哥！

慕……殿下！

一聲聲的呼喚，無數個看不清臉龐的身影。

一道背著光的身影站在他面前。

暮焱。此去再會無期，你我恩怨就此一筆勾銷。以後的事就拜託你了。抱歉……

等等！拜託什麼！你又是誰！

他想伸手拉住那人，卻只抓到一片虛空，心裡驟然一痛，驀地驚醒。

眼前一個模糊的身影在他身旁站著，他下意識地伸出手握住。

對方一愣，卻也反握住。

「你醒了？」

白色的燈光從頭頂打下。

他恍神片刻，才漸漸恢復意識。

「你已經睡了整整一天。總算是醒了，不然我還當你是要睡死過去呢，大英雄。」

還是一貫調侃的聲音。

他鬆開手，撐著自己坐起來。

「西里硫斯？」

「嗯。」西里硫斯微笑，「想起什麼了？」

「忘記了……」有琰炙有些痛苦地扶著太陽穴，卻被一雙微涼的手拉了下來。

「既然想不起來，就不要強迫自己。有些事，忘記會更好一些。」西里硫斯難得耐心地勸誡。

「對了，還沒有恭喜你成功進化為坤階，真是千鈞一髮。」

坤階？

無數記憶碎片擠入腦海。炸裂的星艦，飛蛾撲火的機甲，濃稠的血。

西里硫斯看見有琰炙閉上眼，臉上竟隱隱有一絲痛苦。

「……校長，戰隕了？」

「嗯，沒有搜尋到屍體，只能立衣冠塚。」

「北辰艦隊，還有多少士兵倖存？」

「不到十分之一。」

沒有人再說話，只有寂靜的沉默，俘獲著心臟。

「總之，這一役算是結束了。」西里硫斯長歎一口氣道，「無論過去怎麼樣，人總是要往前看。」

有琰炙抬頭看他，西里硫斯也正好望過來，兩人對視。

「即便是背負著死亡，即便是被命運愚弄。總有一天你會明白，沒有什麼，比堅持做自己更珍貴。希望你永遠記住這句話。」

說罷，西里硫斯露出一個笑容。

「歡迎回來，上校。」

雷文要塞之戰，以令人想不到的結果告終。

有琰炙進化成坤階的消息，很快通過各種管道在星際中傳開，除了震驚豔羨以及不敢置信外，也有人對此懷著隱隱的不安。

楊卓正在遞交最新的彙報給有奕巳。最近，羅曼人自治星系遇到了很多問題，一些事情都得找有奕巳這個真正的幕後人商量。現在的羅曼人對於有奕巳的態度，已經有了很大的改變。

一方面，有奕巳幫助他們獲得了新的家園，羅曼人自是感激不盡。

然而另一方面，北辰艦隊畢竟曾奪走無數羅曼同胞的性命，哪怕如今知道這都是新人類聯盟和中央星系的陰謀，羅曼人一時也難以解開心結。

因而對於有奕巳，他們即是欽佩，也是讚歎，同時還有些微的不滿。憑什麼，北辰星系就能擁有這樣一顆「萬星」呢？要是這個人屬於他們羅曼人該有多好。楊卓也是抱著這種想法的人之一，在經歷了一系列事情後，他對有奕巳，多了更多發自內心的關注。

「你好像心情不好？」

結束商議後，他試探著問：「雷文成功逃過一劫，有琰炙晉升坤階，不都是好消息嗎？」

「好消息啊。」有奕巳苦笑一聲，反問他，「雷文現在大戰方歇，戰力損耗殆盡，而哥……琰炙師兄也是意外突破坤階，肯定還不穩定。你覺得，這是一個好消息嗎？」

楊卓很快明白過來，「你是擔心，中央的人在這時候做什麼手腳？」

「不是擔心，而是肯定。放著到手的肥肉不咬，不是那些人的處事原則。」有奕巳冷笑一聲，轉身對他道，「我現在趕去雷文要塞，最快要多久？」

楊卓問：「你確定？現在局勢還不穩定，我們手中的籌碼也不夠……」

「我已經等不及了！」有奕巳難得激動起來，他心裡隱隱有不好的預感，催促他儘快去見有琰炙。

楊卓說：「就在現在趕去，以目前的距離，抵達雷文要塞至少也需要一週時間。比起這個，收集情報證明軍部有人對外勾結，已經到了關鍵時刻，如果這時耽擱，豈不是功虧一簣？」

有奕巳蹙眉。

「既然星艦趕不及，那就和我一起去，如何？」一個熟悉的聲音猝然在艦內響起。

「誰！」

楊卓戒備。

「看來你還是不長記性。」

銀色的身影慢慢從虛空之中浮現，嘴角帶著笑意，「下次你該在指揮室多加一層警戒，就不會被人隨便闖進來了。」

「加再多道警戒也攔不住你。」有奕巳翻了個白眼，看向來人。能夠如此自在地在太空中行走，不知不覺中潛入星艦的，他想不到第二個人。

亞特蘭提斯二王子殿下微微一笑，雙腳落在地面上，他的銀髮有些淩亂，似乎是剛從哪裡匆匆趕來。

慕梵側頭看向有奕巳。

「你要去雷文要塞。正好我也有此打算，一起？」他眨了眨眼，「如某人所說，也許我可以開發一下星際快遞業務，對你可以不收費。」

「真是謝謝了。」有奕巳嗆了一聲，又看向楊卓，「有這個主動送上門的司機，這下你不用擔心時間問題了。」

「可是，為什麼你也要在這時候去雷文要塞？」楊卓還是有些懷疑地看向慕梵。

有奕巳轉身望向慕梵，兩人目光對上，彼此都有些不言而喻的意味。

下一秒，兩人異口同聲：「因為對我們來說，有一個很重要的人在那。」

「好了。」

西里硫斯打完針劑。

「頭疼失眠，都是進階後的正常現象，等能力平穩就可以恢復。」

對面的人沒有回話，他抬頭望去，有琰炙的目光一如既往地對著窗外的黑色宇宙，沒有焦點。

西里硫斯愣了一會，心底暗暗歎氣。

「至於那些副作用，你只要最近不動用異能，就不會復發。注意，別被其他人發現了。」他指的是有琰炙身上出現的海裔化現象，在升為坤階後，這也變得越來越嚴重了。

撐著下巴發呆的人，突然回過頭來。

「你是怎麼過來的？」

西里硫斯一愣，有些不明白他在說什麼。

「我查過你的簡歷。」有琰炙開口，「五歲時，你的父母在一場意外中身亡，與兩個弟弟流落到孤兒院，但是沒過多久，孤兒院又遭到不明人士的襲擊，失去了兩個幼弟的消息。後來你被中央星系的一個家庭收養，卻一直受到虐待，直到被少年救助中心發現，才總算逃脫折磨。接連遭受重創，可你卻還是走到現在，成為國內最出色的基因研究者之一。」

他問：「西里硫斯，支持你走到這一步的動力是什麼？為什麼你能在失去一切後，還能保持自我？」

西里硫斯握著針劑的手微微泛白，半晌失笑：「你是不知道怎麼度過戰後創傷，在向我尋求安慰嗎，大天才？你有時間查我的檔案，還不如好好想想怎麼求我我才會回答你。」

有琰炙用力抓住他的手，「如果我求你，你就會告訴我嗎？」

他眼裡有掙扎和困惑，西里硫斯本來準備反諷的話收了回去，無奈地坐了下來。

「沒有什麼祕訣。」他說，「我的確失去了很多，甚至一度一無所有，但是至少我還有自己。你問我怎麼活過來？答案只有一個，為自己而活。」

有琰炙困惑地眨了眨眼睛。

「只要你自私一點，心裡多想些自己。失去的那些，也不是不能忍受。」西里硫斯笑了笑，「一想到這世上還有那麼多祕密等待我去發現，那麼多基因密碼還沒有人破譯，我怎麼捨得不更努力地生存下去。不過——」

他拿起記錄板，拍了拍有琰炙的額頭。

「對於我們捨己為人、一心只有北辰的大英雄來說，這大概是個不管用的方法吧。」

有琰炙伸手摸了摸額頭，看著白袍青年走遠。

雷文要塞剛剛經過苦戰，百廢待興。每個人都忙碌到分身乏術，算下來，最閒的竟然只剩下有琰炙了。他因為剛剛進階，又是功臣，沒有人安排任務給他，任由他在要塞內遊蕩。

不習慣這種空閒，有琰炙主動去找洛恩分配任務。

「你還真是閒不下來啊。」

洛恩苦笑，他正在安排要塞重建和傷患休養的工作，而手裡還拿著一份名單——犧牲將士的統計名單。

有琰炙瞳孔一縮，張了張嘴想說些什麼，又沒有開口。

「對了，這裡有封信要給你。」

洛恩掏出一封信，是這個年代少見的紙本信，只有收信人的基因鎖才可以打開。

「是出戰前，威斯康校長托我轉交的。」

威斯康？

有琰炙連忙接過來。

「他說這封信要你與有奕巳一起看，現在還不能打開。」

有琰炙的手頓了一下，目光不解。洛恩無辜地聳了聳肩，苦笑道：「別問我，我也不知道，大概是我們校長閣下最後的一個小玩笑吧。」

手指在信封上輕輕收緊，有琰炙的目光暗沉。駐防的這幾個月來，只要一有時間，威斯康總是來找他。對於這位曾經的校長兼老師，有琰炙從最初對他強加責任給有奕巳的不滿，到之後的理解，心裡漸漸有了改觀。

他們以前為有奕巳的事爭吵時，威斯康曾經說過一句話。

能力越大的人就要背負越大的責任，他們身上有著更多人的期待。

正因為懷著這個信念，這位年過花甲的老人才在得享天命之時，毅然而然地奔赴戰場，最後送命於此。大概，威斯康認為這就是他的責任。

這段時間，有琰炙總是無法忘懷那場戰役中的每一幕。每個曾經見過的容顏，都無數次地重現在他的夢中。

上校，活下去！

請您……救救大家。

直到經過這一役，有琰炙才徹底明白了老人話語裡的含義。責任是一種負擔，也是枷鎖，但是將期望寄託在你身上的人，何嘗不是傾注了全部心血？誰能忍心辜負這些期待。有琰炙驀然又想起了西里硫斯的話，人是不是應該活得自私點？身上背負了這麼多期待的自己，大概已經沒有了自私的資格。

「琰炙，有琰炙！」

洛恩伸手晃了晃，總算把人喚回神來。

「你不是要找事做嗎？剛剛來了一件麻煩事，現在這裡只有你有空，就勞煩你了。」

他說，嘴角帶著一絲嘲諷，「中央軍部派人來慰問我們。你去見見他們吧。」

中央軍部？

有琰炙挑眉，這幫人挑這個時間過來做什麼？

而與此同時，有奕巳和慕梵已經出發向雷文要塞趕來。

快一點，再快一點！被慕梵抱在懷中穿梭過一片片星域，有奕巳腦中只有一個念頭。

快點讓他見到有琰炙！

雷文要塞剛剛結束苦戰，中央軍部就迫不及待地從最近的基地派人。之前激戰的時候這些人裝聾作啞，等到戰鬥結束，卻第一時間冒了出來。這之中的意味，頗引人深思。

這群人似乎是吃定了處在內憂外患的北辰，目前還沒有心思跟他們徹底翻臉，大搖大擺地跑到在戰後一片荒蕪的雷文要塞。

作為接待人，有琰炙在月臺上等待。當那些紅光滿面、養尊處優的軍部來客一出現，就點燃了要塞內士兵的不滿視線。然而那些軍部要員毫不在意，他們用傲慢的目光打量著破敗的要塞，視線緩緩凝聚在眾人前方的有琰炙身上。

「哦，有琰炙上校。」當前一人頂著一臉虛偽笑意，走了過來，「你的事蹟我們都聽說了，作為星際百年一出的坤階，上校真是英雄出少年啊！」

「僥倖而已。」

有琰炙冷淡地點了點頭，明顯有些敷衍的意味。

軍部要員的目光中閃過一道陰狠，接著，又掛上笑臉繼續問：「只是不知道，上校究竟是怎麼做到在短短時間內突破？要知道，國內已經百年沒有人突破坤階，這其中的祕訣，對於整個共和國來說都是珍寶，上校可不能藏私啊。」

旁邊隨從等候的要塞士兵，簡直快被他的厚臉皮程度噁心吐了。有琰炙突破坤階是他自己經歷血戰的結果，和你們這些袖手旁觀的官僚有半毛錢關係嗎！就算有祕訣，有告訴你的必要嗎？

「沒有什麼祕密。」有琰炙似乎也不喜歡他的說辭，冷淡道。

「沒有祕密？」軍部要員笑著重複，突然翻臉。

「沒有祕密，一個普通人能夠跨出這一步?!來人，拿下有琰炙。我以懷疑他是帝國內奸的名義，要求將其扣押待審！」

一群全副武裝的士兵突然從後方的星艦湧了出來，將有琰炙團團圍住。

透光荷槍實彈的士兵，有琰炙望向那突然翻臉的軍部要員，在對方的面容上，他看到了一抹熟悉的算計。那一刻，有琰炙就知道，這些人，是朝自己來的。

洛恩還在苦惱要怎麼處理這幫不速之客，就收到了更壞的消息。

「有琰炙被軍部的人圍捕！」洛恩眉毛一跳，「什麼理由？算了，我親自去。」他披上外套，急匆匆地趕到事發地點，就看到要塞內的士兵和軍部帶來的士兵正形成對峙的局面，而被一群舉著武器的人圍在最中間的正是有琰炙。

「怎麼回事？」

看到要塞總指揮出來，所有人都讓開了一條路。

「李副部長，你能解釋一下眼前的情況嗎？」洛恩眼神如刀，投向士兵身後的那個大腹便便的官員。

「沒有什麼好解釋的。」軍部副部長好像勝券在握，一點都不忌憚這個要塞的真正的掌權者，「我懷疑有琰炙突破坤階另有原因，我要將他帶回去審問。」

「審問？」洛恩忍者怒火，「沒有證據，沒有因由，就想從我這裡帶走我的部下。你是在開玩笑嗎？」

「證據，那好，你們自己就不想知道有琰炙究竟是怎麼突破坤階的嗎？一個普通人類，能抵達乾階就已經是盡頭了，更別說是坤階。洛恩指揮你自己也是乾階異能者，應該知道在這兩個等級之間的差距有多大吧。這根本就不是人力能跨過的！」副部長面色陰狠地看著有琰炙，「而現在，一個不滿二十歲的年輕人做到了。你就一點都不懷疑嗎？這樣的傢伙，強得根本不像是人類！」

「那也沒有理由扣押他！」

「理由，哼！」副部長右手高舉，包圍有琰炙的士兵們突然無預警地放出火力攻擊。

洛恩還沒來得及憤怒，就看見那些足以把普通人撕為粉碎的炮火，只在有琰炙的一個遮擋下就消失無形。當然，有琰炙也不是毫髮無損，最初的攻擊太猝不及防，他沒有施展防禦，被炮火燒化了衣服，露出了制服下的一截手臂——以及手臂上那格外引人注目的鱗片。

「看見沒有，看見沒有！」副部長興奮地揮手，「這就是他是怪物的證明，就是他，就是他！」他眼神炙熱地看向有琰炙，那裡面是無法掩飾的貪婪。

「這種變異的模樣，還能說是正常人嗎？我現在懷疑，有琰炙與邊境叛軍羅曼人有關聯，要求將他扣押審問！」

洛恩也吃了一驚，他深深看了有琰炙一眼，卻沒準備就這樣妥協。

「當然，如果要塞諸位無法配合我們，我也不保證軍部會不會有更加強制的手段。」副部長威脅道，「有王耀上將現在可還在中央星系做客，也許，你們會比較關心他的現狀？」

這個傢伙竟然如此明目張膽地威脅他們！洛恩握緊拳，幾乎想哪怕拚盡雷文要塞的最後一點力量，也要和對方拚個魚死網破。

「我去。」當事人有琰炙突然開口，「我可以接受審問，但是你們不得為難其他人。」

副部長笑了，得意地看了洛恩一眼：「這樣最好不過，帶他回去。」

「等等！如果是審問的話，在雷文要塞進行也沒關係吧。」西里硫斯不知從哪裡冒了出來，看著一片混亂的局勢，「既然各位大人這麼有把握，又何必把人帶回去偷偷摸摸地審判呢？」

他眼中露出幾分譏嘲，「還是說，你們有什麼不得告人的其他目的？」

「你……！」副部長正想怒斥。然而，他還沒說話，就感受到現場強烈的憤怒情緒。

包括軍官在內，所有人都怒目望著他們。恐怕他這時只要說一句挑釁的話，今天就別想走出要塞了。

就讓你們暫時得意一會，粗蠻的北辰人。他心裡惡狠狠地想著，等他們的局布好了，有琰炙就是插翅也難逃！

本來是迎接一場勝利的喜宴，就這樣變成了對有琰炙的審問。

軍部的人並沒有離開，而是在雷文要塞住下了，他們肯定還有別的後手。而有琰炙，出於各方面考慮，目前也只能把他安排到一個禁閉室。

洛恩歉意地道：「只委屈你幾天，我會證明你的清白。」

有琰炙可有可無地點了點頭，若仔細看，則會在他的眼中發現一些散落的光芒。他一直保持著一動也不動的姿勢，坐在禁閉室，直到再次有人找上門來。

「呦，看來我們的大英雄有些氣餒嘛。」

有琰炙抬頭看向西里硫斯，「我真的不是人類？」

「咳咳，什麼？」西里硫斯嗆了一下，沒想到他這麼直接。

「我不是父親的骨肉，也不是有銘齊的孩子，而是領養的。」有琰炙徑直開口道，「一直以來，我能察覺到自己和其他人不一樣，也許我可能真的是羅曼人，身上有其他生物的混血。」

西里硫斯鬆了口氣，道：「那又怎樣?就算你是羅曼人，也不能證明你和羅曼叛軍有聯繫。難道說，因為身上有別的血統，你就不再是你自己了?有琰炙，你不是這麼內心脆弱的人吧。」

有琰炙點了點頭，「我也這麼認為，但我覺得軍部的人還有別的依仗。不然，他們不會這麼針對我。」

這點，西里硫斯也有些擔憂。他看了一眼面前有些頹靡的青年，下定決心，開口道：「我最早知道自己的身分，是在剛考上中央科技大學的時候。」

有琰炙抬頭看向他．

「那時負責帶我的教授本來很看好我，可突然有一天，他宣布把我踢出實驗室，結束我的專案，不再給我任何支持。我一直不明白是怎麼回事，以為自己做錯了什麼。」西里硫斯冷笑一聲，「直到我發現了自己的身分，才明白，無論我做或者不做什麼，這些人都會如此針對我。」

「前帝國王室後裔的身分，就是這麼一個麻煩的東西。父母的死，弟弟們的失蹤，學業上的百般為難。我很快明白，只要我這個人存在，那些人不喜歡前王室後裔出現在世上的人，就會一直討厭我，排擠我，但是這和我有什麼關係嗎？」

西里硫斯聳聳肩，「多了一個與眾不同的血脈，可我還是我自己。我完成學業，做最頂尖的研究，拿出別人都做不到的成果。我還是我自己。所以，有琰炙，無論以後發生什麼，你的身分怎麼變化。希望你能記住，你只是自己。」他笑了，「至少對我來說，你是個誰都無法取代的實驗對象。」

有琰炙許久以來，第一次露出笑容。

「這麼說，我還該感到榮幸。」

「你該感到十分榮幸才是，大英雄！」

這時候，他們誰都沒有想到，西里硫斯只是隨口寬慰說的幾句話，在以後竟然如惡夢一般實現了。可是直到那個時候，有琰炙才痛苦地發現。要做真正的自己，是多麼困難的一件事。

深夜，雷文要塞。

副部長迎來了一位神祕的客人。

「你終於到了。」他激動地站起來，「我們已經可以證明，有琰炙就是——」

「噓。」

來人輕輕搖頭，示意他安靜。

他微笑道：「你可得保持冷靜，副部長先生。別把我們的獵物嚇跑了。」

此時，距離有奕巳抵達雷文要塞，還有二十四小時。

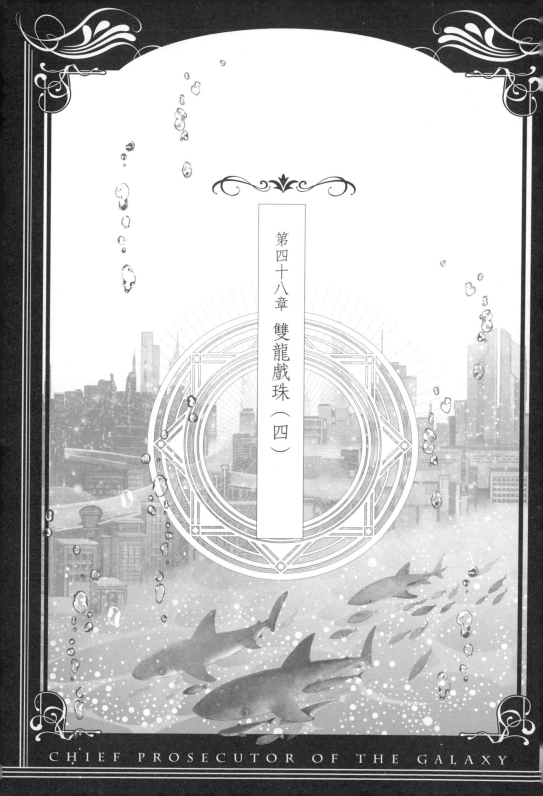

第四十八章 雙龍戲珠（四）

有琰炙被扣押待審的消息，很快在雷文要塞剩下的士兵之中流傳開來。

洛恩正為這件事頭疼不已，沒想到他的部下兼多年好友，又向他提了一個更令人頭疼的意見！

「西里硫斯，你知道你在說什麼嗎？」

「我知道。」站在對面的人淡然道，「我在告訴你，拯救雷文要塞和有琰炙的唯一方法。」

「你那是自尋死路！殺害軍部副部長的罪名一旦坐實，這裡的每個人都將背負上叛國的名號，這次可不會像第三艦隊那次那麼容易解決了！」

「第三艦隊那次也不是輕易解決的……」西里硫斯還不忘吐槽。

洛恩瞪了他一眼，「總之，別指望我同意你的計畫，你要知道——」

兩人的話還沒有說完就被打斷，一名士官跑來向洛恩彙報。

「長官，軍部的人要求調問有琰炙上校！」

洛恩不耐煩地一揮手，「告訴他們再等一會。」

「可是他們……」

士官還沒有說完，就被人推開。

「總指揮閣下，無論你再想辦法拖延多久的時間，註定的事實都不會改變。」

這是一個成竹在胸的聲音，卻明顯不是來自那個無能的副部長。洛恩抬頭看去，看到一個紅髮如血般綺麗的年輕人。

那青年看到他，微微頷首，臉上掛著得體卻疏離的笑容。

「艾爾溫．哈默，見過指揮閣下。」

有琰炙睜開眼的時候，看到的是依舊是顏色不變的天花板。他聽到腳步聲從走廊上傳來，接著，有人打開了指揮室的大門。

「上校。」一名士兵道，「總指揮請你去會議室。」

有琰炙理好衣裝，將自己整理得一絲不苟，才對士兵點了點頭，讓他帶路。

無論接下來要面對什麼，他想，他都已經做好準備了。

然而，有琰炙還是高估了自己，或者說，低估了敵人。

他來到會議室的時候，室內已經被人坐滿。洛恩、蒙菲爾德，還有西里硫斯，雷文要塞的人占據了一半，剩下的一半則是軍部的人，還有——有琰炙看到一個熟悉的面孔，不由得皺眉。

對方也注意到他，悠然自得地打了招呼。

「有琰炙上校，又見面了。」

艾爾溫．哈默，有琰炙記得這傢伙，沒什麼好感。

然而艾爾溫似乎不介意他的無視，笑了笑，坐回自己的位置。

「既然人都來齊了，那我們就來討論今天的議題。」洛恩決定先發制人，「關於有琰炙突破坤階，以及身體發生變異一事。我希望如果各位要據此指證有琰炙是羅曼人的奸細，請拿出更多的……」

「不，實際上，昨晚我們經過商議，已經發現了錯誤。」副部長打斷他道，「我們今天不準備指證有琰炙與羅曼人有關，而是另一個問題。艾爾溫。」

哈默家族的新貴點了點頭，站起身。

「事實上，正如副部長閣下所說，我們不認為有琰炙與羅曼人有關，但是他身上卻存在別的問題。」

洛恩皺眉，「如果又是什麼子虛烏有的指控，我勸你們趁早放棄。」

「當然不是。」艾爾溫說，「只是我接下來說的事情，事關重大，還希望能得到更多人的見證。我要求開啟星際會議。」

「我拒絕！」西里硫斯突然開口，「此時無論牽扯到誰，目前還是雷文要塞的內部事務，我拒絕將它提交到星際會議。」

艾爾溫多看了這個名不見經傳的研究人員一眼。

「星際會議並不一定對你們不利，只是申請一個更公開的平臺。」

西里硫斯冷笑，「你也說了，只是不一定。誰不知道星際會議上，各個與會者多少與你們哈默家族有交情，說不定某人早就已經暗箱操縱，就等我們上鉤呢？」

洛恩也看著他，雖然不明白西里硫斯為什麼如此堅決，但也是站在他這一邊。

「出於慎重，我也拒絕這個要求。」

人在屋簷下不得不低頭，沒有哄騙雷文要塞開啟星際會議，讓共和國內的所有人參與進這場審問，艾爾溫雖然有些失落，但是不妨礙他繼續計畫。

「那麼，希望各位認真傾聽我接下來的話。」他轉身看向有琰炙，「我指出有琰炙身上的另一個問題，是關於海裔，或者說是關於鯨鯊。諸位請看。」

他命令屬下調出一個畫面，投放到主螢幕之上。

「這是幾個月之前，我參加軍校聯賽的時候，遇到失控的鯨鯊襲擊的場景。」

畫面上放映的，正是慕梵暴走的一幕。

有琰炙當時也在現場，不過他因為身體原因，沒有親眼目睹最後一幕。此時，通過別的途徑再看到當時的慕梵，有琰炙的心裡突然有些慌亂。

為什麼，為什麼他會覺得，慕梵身上的那些光芒，竟然如此熟悉。

和他有相同感覺的，顯然不只一個人。

「這是——！」洛恩忍不住拍案而起，視線緊緊盯著螢幕。

影像中，慕梵正抓住有奕巳，周身全部爆發出實體化的能量光波，即使是隔著螢幕，在場的人也能感覺到那是多麼恐怖的力量。然而這一幕，對他們很多人來說，也是那麼的熟悉，有人偷偷地將目光轉移到有琰炙身上。

艾爾溫露出一個得意的笑容：「相信各位也注意到了。當時慕梵變身成人形時身上逸散出來的能量，以及他以鯨鯊的身軀摧毀星艦時，所體現出來的能力，是不是很熟悉？看來，似乎和我們某位坤階高手，有著異曲同工之處。」

有琰炙坐在原位上，身體有些僵硬，他此時已經聽不到周圍的聲音，只是盯著螢幕。

作為當事人，沒有人比他更清楚那力量爆發出來時的感受，太強大，太恐怖，絕對不該是人類能掌握的。他曾為此詢問過西里硫斯，沒想到在今天，在這個場合，得到了答案。

有琰炙只看一眼就明白，他使用的能量，不是和慕梵相似，而是一模一樣！

為什麼，為什麼會這樣？慕梵是鯨鯊，是亞特蘭提斯人，可他是……

「我拒絕！」

激烈的爭吵將他喚醒，有琰炙抬起頭，看見與人爭執的是西里硫斯。

「僅僅是能力相似，並不能說明什麼。」西里硫斯臉色難看，「你們要調取他的基因檔案，這不是充足的理由。」

「這當然不是充足的理由。」艾爾溫微笑，「但是能證明有琰炙上校清白的，也只有基因對比——如果他真的不是海裔的話。」

一石激起千層浪。

會議現場變得一片寂靜，好半晌，艾爾溫才繼續道：「這位……西里硫斯閣下，你應該也是一位十分出色的研究人員。那麼，這個時候能證明有琰炙與海裔無關，只有進行基因對比。怎麼，難道你們有所顧慮不成！」

西里硫斯惡狠狠地看著對面，有琰炙是他的研究對象，有琰炙的基因是專屬他的，這些人憑什麼說調取就調取。

「夠了。」洛恩疲憊道，「夠了。今天就先到此為止吧。至於基因調查一事，我會在之後再給予你們回覆。如果真的有跡象表明……」

「洛恩！」西里硫斯不敢置信道，「你是什麼意思！」

他幾乎是立刻轉身看向有琰炙，果然看到他閉上眼，在那最後一秒，西里硫斯在他眼中抓住了一絲痛苦掙扎。

洛恩沒有給西里硫斯繼續說話的機會，他宣布會議結束，軍部的人也沒有意見。看著那幫人志得意滿地離開會議室，西里硫斯的肺都快氣炸了。他看見有琰炙起身要走，立即出聲。

「你等一等！」

有琰炙依言轉過身。

然而西里硫斯卻突然愣住了，不知道該說什麼好。在那雙眼睛裡，他看見的不再是堅定的信念，而是空洞和麻木，彷彿一直支撐著他的支柱就這麼坍塌崩潰了。

有琰炙轉身離開。

此時此刻，他不知道還能支撐著自己站立的究竟是什麼。他只覺得無比的疲憊，曾經信仰的一切，信任的一切，都被推翻。他彷彿變得不再是他自己。

要證明有琰炙與海裔無關……

艾爾溫犀利的話語彷彿還迴響在耳邊，有琰炙卻沒有離去再去分辨這是不是陰謀。或者說，他已經有所預感了。

艾爾溫·哈默自信的表情，西里硫斯外強中乾的反駁，洛恩回避的視線。一切都彷彿在提醒著他，結果只有一個，最糟糕的那個。

回到禁閉室，有琰炙靜坐了好一會，伸手，探向懷中的那封一直沒有打開的信。

那一刻，他發現自己的手竟然是顫抖的。

艾因漫步在走道上，哼著歡快的小調，負責巡邏站崗的士兵都被他控制了神智，如木偶一樣呆呆站立。

他一步步走近那間禁閉室。此時此刻，艾因的心情是近乎愉快的，他已經很久沒有這種感覺。

那個人見到自己時，會是一副怎樣的表情呢？

崩潰，絕望，還是憤怒。

他很期待。

「西里硫斯，你站住！」

結束會議後，洛恩又把西里硫斯單獨留了下來，誰知道兩人沒有說上兩句話，西里硫斯就摔門而出，任由洛恩在後面怎麼呼喚都不回頭。

「他這是怎麼了，一點都不冷靜。」蒙菲爾德在後面道，「不過洛恩你也是，有琰炙剛為我們守下要塞就面臨無端的指控，這時候如果我們不保住他，也太讓人心寒了。」

洛恩搖了搖頭，「不是我不想保住他，而是……」他苦笑一聲，「即便我費盡全力去庇護他，也未必能成功。」

「這麼嚴重?!」

洛恩露出苦澀的表情，看向窗外的黑色宇宙。有些事情，不是他們想的那麼簡單的。

西里硫斯大步流星地走在走道上，有些憤怒地捶了捶牆。艾爾溫·哈默出現的那一刻，他就知道事情沒有轉圜的餘地了。有琰炙的身分肯定會暴露，到時候不知會在星際引起多大的騷動！

可關鍵是，西里硫斯到現在也沒弄明白，有琰炙的這個身分究竟是怎麼回事。而對方似乎比他更清楚，這讓他們處於不利局面。

想要解決這一切，看來還是得找當事人問清楚。西里硫斯的眸光一閃，轉身向監禁有琰炙的禁閉室走去。然而他沒走幾步，就看見了通道入口處暈倒的守衛士兵。

出事了。西里硫斯心裡一緊，一邊通知洛恩，一邊加快步伐。

他有預感，更糟糕的事情要發生了！

啪嗒。

艾因走近那個房間，似乎也在走近他自己心中的一個枷鎖。

直到站在禁閉室門前，他能聽見自己的心跳聲，也能感應到門後之人的紛亂心跳。隔著一扇門，他幾乎能想像到那個人此時的表情，一定是充滿驚慌，悲憤與絕望，就像那時候的自己一樣。

艾因輕輕一笑，伸手推開了門。

屋內的人詫異地抬起頭，一貫冷靜的眼睛此時充滿血絲，全是混亂與掙扎。

「好久不見。」

艾因聽見自己平穩地開口，接著，他抬手摘下面具。不意外地，看見了對方更加震驚的表情。

門扉，在兩人身後緩緩合攏，而另一座地獄正在慢慢開啟。

「怎麼回事？醒醒，醒醒！」

西里硫斯一路走來，看到的都是不明原因昏倒在地上的士兵。他看到其中一位似乎還有些意識，連忙上去試圖喚醒他。

「長官……有人，入侵，往禁閉室……」沒說完完整句子的士兵又失去了意識。

這一次，西里硫斯等都不等，急奔著向禁閉室趕去。

有人入侵！

那個人的目的是什麼？襲擊有琰炙嗎？

可那是有琰炙，一般人怎麼可能打得過他！那麼，就是還有別的目的？

那會是什麼！

一邊奔跑，西里硫斯的大腦一邊高速運轉著，洛恩打來通訊詢問，他連回覆的時間都沒有，只希望能更快趕到禁閉室。終於，他離禁閉室只差一個迴廊了，此時已經可以看到禁閉室門外倒地的士兵。

有人進去了！

他顧不上其他，試圖打開緊鎖的禁閉室門。然而，手還沒觸碰到門禁卡，一陣暈眩感突如其然地襲來。劇烈的衝擊力將西里硫斯整個人都掀翻了出去，狠狠撞在身後的牆壁上。

他悶哼一聲，吃力地抬起頭，看向衝擊力來源的方向。

禁閉室已經被破壞，所有的光源都被切斷，視野內一片黑暗。而就在這片黑暗中，西里硫斯看見了一抹銀色，一抹彷彿要陷入黑暗的銀。

「有琰炙……」西里硫斯呆呆地喊著那個人的名字。

站在黑暗中的人慢慢抬起頭，看向他。然而，那再也不是熟悉的目光，眼前的人也不再是那個冷靜自持、潛藏著溫柔的共和國上校了。

他的雙眼像水晶般晶瑩透徹，卻沒有絲毫光彩。而在他目光投來的那一瞬，西里硫斯明顯感覺到那彷彿要撕裂空間的力量變得更強了，他幾乎無法呼吸。

「你告訴我，要找到自己。」

有琰炙突然開口，聲音如若寒冰。

「但可笑的是，我卻一直連自己是誰，都弄不清。」

他伸出手，捂住自己的雙眼。

「我是誰？」

銀色的能量越聚越多。

「是人類，還是海裔？而我守護的，又是什麼！」他近乎歇斯底里地吼了出來。

他費盡一切守護北辰，最後卻被告知他連人類都不是。他守護的東西，更是他本該毀滅的東西。整個世界的坍塌，只在片刻。而剛才那個人的出現，以及他說的話，更讓有琰炙徹底懷疑起自己存在的價值。

「我究竟是什麼！」

恐怖的力量在撕扯著空氣與光線，似乎要將周圍的世界都扭曲。有琰炙卻渾然不覺，他的身體漸漸浮在半空中，銀黑色的漩渦在背後浮現。

西里硫斯心下叫糟，用盡最後的力氣喊出他的名字。

「有琰炙！」

聽到呼喊的男人看了他一眼，下一秒，他的身影已經消失在要塞內，憑空出現在數百星里之外。一個巨大的黑色漩渦，隨著他的移動一起出現。

正準備去找西里硫斯的洛恩幾人，也看到了這幅奇景。

「那是——！」洛恩握碎了手中的通訊器。

從他們這個角度，只能看到銀色的光芒沉浸在黑色的深淵中，附近所有的事物都不受控制地被黑洞吸去，包括雷文要塞。而最中央的那抹銀芒，也正一點一點地消失不見。

西里硫斯踉蹌著趕來，也只能看到這一幕。他幾乎失控地敲打著指揮室的落地窗，然而卻無濟於事。黑色的漩渦吞噬了一切，也遲早會吞噬他們。如果黑洞再擴張下去，周圍的一切都無法倖免。

死亡的陰影籠罩在每個人頭頂，眾人臉色煞白。

「不管他們說什麼，不管你是海裔還是人類！對我來說，你就是你！」西里硫斯不管不顧地喊，「別忘記我對你說過的，無論失去了什麼，你還是可以做自己！有琰炙！」

不知是不是錯覺，正在瘋狂擴張的黑洞似乎緩了一緩。

西里硫斯剛鬆了口氣，準備繼續喚回那人的神智。然而一個空洞的聲音驟然傳入他腦中，讓他的動作戛然而止。

如果有下一次，我只希望什麼都不記得，誰也不是。

下一瞬間，巨大的黑洞，包括黑洞中的那個人影全都消失不見！原處只剩下黑暗荒蕪的宇宙，再沒有半點銀芒。

而那響在耳邊的聲音，也像是幻覺般，沒有留下半點痕跡。

他是真的消失了。

西里硫斯狼狽地坐倒在地，十指緊扣地板。

在雷文要塞遠處，早早遠離了事發地的軍部等人，卻有些失望地歎了口氣。

「我還以為能將雷文要塞一起毀滅，看來鯨鯊爆發時的能量也不怎麼樣啊。」副部長不滿道。

「他還沒有完全爆發。」

艾爾溫說，看著窗外一動也不動。此時他的心情就像他的血一般的髮色，不能平靜。力量，如此恐怖的力量，為何只能被鯨鯊和萬星掌握呢？

如果我也能……

他突然抬起頭，對著門口道：「你回來了？」

剛剛進屋的艾因又戴上了面具，他黑色的眼睛似乎能看穿一切。看著這一池自己親手攪亂的渾水，男人淡淡開口：「嗯。」

不知為何，他此時又想起了揭露真相時，有琰炙眼中的絕望與悲傷。艾因笑了笑，神情中帶著連自己都不知道的憐憫。

其實像他這樣的人，又有什麼資格去憐憫別人？大概，是因為他對有琰炙也有一份同命相連的同情吧。

因為他們，都是不知道自己究竟是誰，麻木地活在這世上的木偶。

宇宙中再次傳來異樣的波紋，正在沉思的艾因手指動了動，抬起頭來。

「怎麼？」艾爾溫注意到他，他看見這個好似雕像一般的男人，一點一點亮起了雙眸。

「他來了。」

艾因近乎歎息道。

可惜，來晚了一步。

有奕巳和慕梵一路上幾乎沒有歇息，日夜兼程地趕往雷文要塞。可是越逼近，有奕巳的心跳就越快，甚至慌亂無措。當他和慕梵一起出現在雷文要塞外，兩人都感應到了整座要塞不一樣的氣氛。

安靜，死亡一般的安靜。

明明剛在戰鬥中反敗為勝，不該是這樣的氣氛！

胸前掛著的藍寶石突然閃耀起詭異的光芒。有奕巳卻沒有注意到，他催促慕梵：「指揮室有人！去問個清楚！」

慕梵點了點頭，帶著他直接閃入雷文要塞的指揮中心。

而誰都沒有注意到，在他們剛剛佇立的位置，那處有琰炙和黑洞一起消失的地方，一道銀芒呼應藍寶石般地閃爍了一下。

隨後，沉寂不見。

熟悉的光芒再次亮起時，西里硫斯幾乎是迫不及待地抬起頭，在看清來人後，只剩下更多的失望。

「慕梵?!」

洛恩錯愕地看著來人，可當他看見慕梵懷裡的人時，雙眼更是不受控制地睜大，周圍有不少人的反應也和他一樣。有奕巳離開慕梵懷中，卻沒有心思顧及其他人。

「有琰炙呢?他人呢?」

他焦急地詢問，卻得到一片沉默。

「你來晚了。」西里硫斯平靜地站起身，「他力量失控，引發黑洞消失了。」

有奕巳睜大眼睛，「所以你們就眼睜睜看著他消失！」

「不然我們還能做什麼？唯一能阻止他的是你，但你不在！」西里硫斯吼回去，「他為你們萬星、為北辰做了這麼多！可你呢，在他最需要你的時候，卻不在他身邊！」

有奕巳瞳孔緊縮，有些倉皇地倒退一步。

「我……」

「究竟發生了什麼？」慕梵扶住他，看著周圍的人。雷文要塞的人顯然還沒從接二連三的震撼中回過神。最明顯的是，就連總指揮洛恩，此時面對這幾人的爭執，也有些反應不及。

慕梵環顧一圈，閉了閉眼，壓下心中的不耐。

「給你們五分鐘時間，把發生的事，一五一十地交代出來。」

他似乎比有奕巳冷靜一點，但是聽他此時命令式的口吻，和近乎忍不住的殺氣，就能知道他其實也已經在失控邊緣。

等待了兩百年，苦守了兩百年，錯過了兩年。等他好不容易能找回兄長時，對方卻又消失不見。要不是顧及到有奕巳還在身邊，慕梵此刻恨不得把眼前所有事物都撕成粉碎。

幾分鐘後，雷文要塞的人解釋清楚了事情的起因。

「也就是說，他已經知道自己的身分。」慕梵道，「而這身分，還是由別人告訴他的。」他抬頭看向洛恩，「你們早就知道了？」

洛恩尷尬道：「我也是到今天才知道，之前只是有所猜測。」

「你說威斯康臨死之前給他留了一封信。」慕梵說，「這證明威斯康知道他的身分，而有王耀會放心將他派遣到註定是死局的雷文要塞，也是因為知道只要有他在，雷文就絕對不會失守。」

他冷笑，「你們人類，真是將他利用得徹底。」

洛恩無法反駁，也無力反駁。事實上，在知道有琰炙的真實身分後，他也明白有王耀將他派遣到雷文要塞的用意。有了有琰炙，不，有了這位鯨鯊大王子在，誰還能攻破這座要塞？

事實上，有琰炙確實做到了，他成了守下雷文要塞的英雄。

可這一切，都是建立在有琰炙不知道自己身分的前提上。

一旦知道真相，所有榮譽只變得諷刺，所有信賴都變成謊言，所有愛護都成了利用。十幾年的成長建立的信仰，卻在一夕間坍塌，也不怪有琰炙會崩潰。

「那個人是誰？」一直沉默的有奕巳突然開口，「你說之前有人闖入禁閉室，那個人是誰？」

西里硫斯一愣，沒想到他還會記得自己隨口提的一句話。

「這很重要嗎？」

「當然。」有奕巳冷冷道，他手裡拿著威斯康留給有琰炙的信。

「僅僅是知道自己的身分，看了信後，哥哥他還不至於如此失控。肯定是有一個人，摧毀了他最後的堅持。」有奕巳握緊信封，「我一定要知道這個人是誰！」

「小奕傳訊息來了！」

遙遠的邊境星系，正在埋頭處理資訊的沈彥文突然道：「他說要我們立刻派人去雷文要塞，最好將那個俘虜也帶過去！」

「那個女人？」齊修皺眉，「他沒有別的消息嗎？雷文要塞現在狀況怎麼樣？」

「沒有，都沒說。」沈彥文道：「小奕好像有些不對勁，我再傳訊過去，他都沒回我。」

「儘快將俘虜帶過去，這件事就交給我。」克利斯蒂站起身。

楊卓聞言，微微蹙眉。

在有奕巳傳訊來之前，他們本來正在商議如何對付軍部派來的下一波人馬。克利斯蒂出身北辰軍校，機甲與指揮都很精通，這時候要是少了這員大將，他們的前線將會很吃力。果然，薩丁也搖了搖頭：「你這小子不能走，你一走，攻擊的任務就全落在我肩上了。到時候我要是沒守下來，謝長流那老小子還不笑死我？」

這一次，和羅曼人一起打守護戰的，是薩丁領頭的星盜團和謝長流的饕龍傭兵團。然而，饕龍因為還有別的任務，暫時不能專注於這邊，所以壓力全在薩丁身上。這時候克利斯蒂要是再跑了，他哭都沒地方哭。

伊索爾德也說：「克利斯蒂師兄需要留在這裡維持大局，還是讓我去吧。」

「可是你一個人不安全。聽說這次哈默家族也派了人到雷文要塞，你要是趕過去，可能會因為身分被他們針對。」

伊索爾德苦笑，「那能找到誰，既能看押住俘虜，在身分上也不會被他們為難。」

「嗯？你們在商議什麼好事情？」

這時，一名紅髮青年懶洋洋地走了進來。而他一進屋，就像是點亮了所有人的視野，一時間，滿屋子的人都齊齊看向他。

沃倫腳步一頓，「呃，我似乎有不好的預感。」

伊索爾德看著他，眼睛發亮，笑得溫柔。

「你不是一直想去找小奕聊聊嗎？給你一個機會。」

有奕巳收起通訊器，他也不知道自己走的這一步對不對。只是現在，他也只有這步棋可以走了。

有琰炙已經失蹤兩天了，而他們依然毫無所獲。

進入禁閉室的那個人一直戴著面具，根本無從得知身分，而從他擊暈守衛士兵的方式來看，也只能判斷出他是一個人類異能者。異能者多如繁星，誰能大海撈針，找出這個神祕人？

最關鍵的是，有奕巳有很多事都不知情。

他不知道有琰炙為什麼會變成慕焱。

一個鯨鯊為何會變成一個人類，而且模樣大變，兩百年前究竟發生了什麼？

他不知道有銘齊和有王耀的意圖。

他們領養鯨鯊王子，撫養他長大，灌輸他人類的觀念，就是為了像現在這樣利用他嗎？

他甚至不知道軍部是怎麼獲得這個情報，也不知道他們還有多少底牌。

有奕巳歎息一聲。

「軍部和哈默家的人還在附近。」慕梵走過來說，「他們已經知道你和我在雷文要塞，卻一直按兵不動。你覺得他們想做什麼？」

「我沒有心思去管他們。」有奕巳說，「不過如果他們要在這個時候惹我，就別怪我狠狠咬回去。」

他有些咬牙切齒地說著，顯然，他現在也需要一個發洩鬱悶與怒氣的管道。兩人並肩走過要塞長長的迴廊，路上難免遇到一些巡邏的士兵。這些士兵們乍一看到有奕巳，都激動興奮地行禮，而在之後投向慕梵的目光，卻有著那麼一絲不快。就像在一束鮮花旁邊，看見了令人不喜的推糞蟲。

這幾日，兩人為了有琰炙的事情經常聚在一起，這種目光慕梵已經習以為然。可是這一刻，感受到士兵們不滿的目光，慕梵突然明悟起來，共和國的人對於他和有奕巳親近的這件事，是不那麼樂見其成的。而這幾天，兩人卻天天在士兵們眼前成雙成對地出現……

他看著身邊的少年，瞇了瞇眼睛。

——我大概知道，人類軍部的下一步棋了。

有奕巳感受到他的視線，「怎麼了？」

「沒什麼。」慕梵微笑。作為一個成熟的雄性，如何擊退敵人並保護自己的配偶，是他天生的職責。這種事情，沒必要讓對方煩惱。

不過也因此，慕梵更清晰地明白了，即便有再多人的不同意，再多的阻礙，他現在都不會放棄有奕巳。尤其是在慕焱（有琰炙）再次失蹤之後，兩人之間又多了一層更深的牽絆。

「終於找到你們了！」一個聲音，打斷了慕梵有些旖旎的想法，西里硫斯大步走過來。

「這幾天我一直在找有琰炙可能出現的時空跳躍點，但是一直沒有找到，那是因為我們都忘記了一件事！」西里硫斯顯得有些不正常的興奮。

「時間，時間軸！我們一直只是在同一時間座標內搜尋，但是如果算上時間軸的話，他可能是跳到與我們不同座標的時空去了！所以之前才一直找不到他！」

有奕巳錯愕地瞪大眼，「你是說，他可能進行時空穿越了嗎？」

「是確定。我分析了當時附近的空間資料，發現光速以明顯不正常的……」西里硫斯停下了過於專業的演講，目光灼灼地看向有奕巳，「如果我能確定具體的時間軸，我就能去那個時空，將他帶回來！但前提是，我需要你的協助！」

有奕巳當然不會拒絕，「只要你說，無論什麼我都會做到。」

「我希望你們帶回真正的神石。」西里硫斯說，「只有這樣，我才能根據神石定位有……定位慕焱的位置。」

有奕巳抬頭看向慕梵。

慕梵立刻回應：「神石現在不在帝國。」

「我知道！」西里硫斯打斷他，「所以我要求你們，去軍部，去中央星系，將它搶回來！」他說出必定震驚無數人的話。

而顯然，在他面前的兩人也不是尋常人。

有奕巳先是一愣，隨即嘴角緩緩露出一個笑容。

「看來，即便他們不找我麻煩，我也得去找他們麻煩了。」

第四十九章　雙龍戲珠（五）

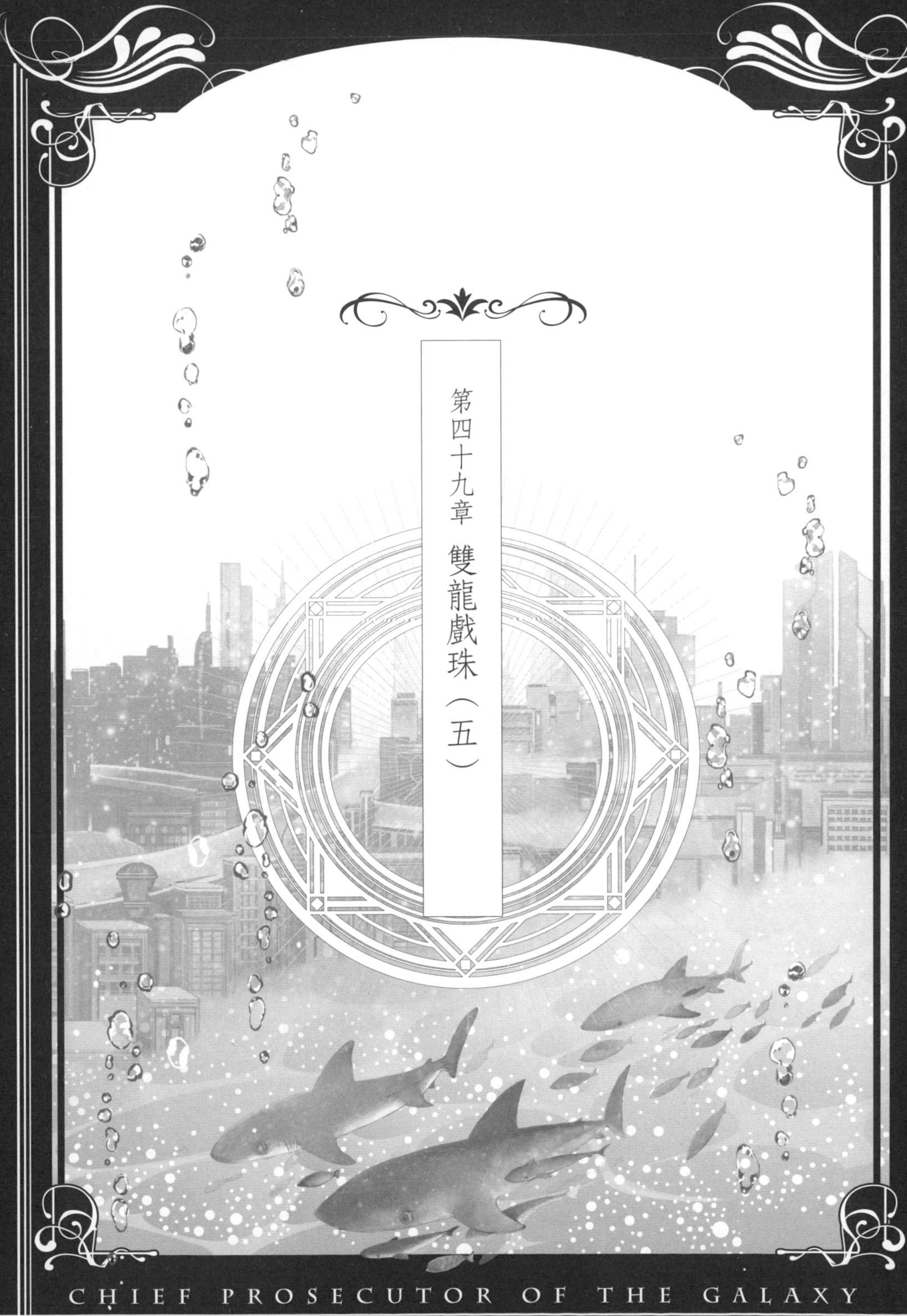

CHIEF PROSECUTOR OF THE GALAXY

「已經準備齊全了？」

艾爾溫問。

他站在窗弦處，從這個角度，可以清晰地看到遠處的雷文要塞。在一片漆黑的宇宙中，雷文要塞猶如黑夜中最明亮的珍寶。而很快，這顆珍寶就會落入他們手中。

「是，少主人。所需要的資料證明都已備齊，只待轉交給軍部副部長，由他後續安排。」下屬回答。

艾爾溫露出笑容，「很好，萬事已備。他堂堂一介副部長，總不至於連這點事都辦不好。」

他看著不遠處的雷文要塞，眼中閃過勢在必得的光芒。

「我倒要看看，這次萬星要怎麼躲過這一劫。」

雷文要塞，指揮中心。洛恩正為戰後重建工作而忙碌不已，經歷過一番苦戰的雷文亟待重整。沒有十天半個月的忙碌，是停歇不下來的。為此，要塞總指揮已經有整整三天沒有闔眼了。

然而，有時候洛恩倒要感謝這種忙碌。只有這樣，他才可以忙得不去想其他事，比如有琰炙，比如正在要塞做客的那一位……

工作告一段落後，洛恩揮了揮手。

「他們那邊有什麼動靜？」

蒙菲爾德回答：「軍部的人和哈默家的那位少爺現在還在附近停留，看起來沒打算離開。」

「我說的不是他們，而是另外幾位。」洛恩瞪他。

蒙菲爾德一愣，回過神道：「他們……少將軍他這幾天一直和西里硫斯在實驗室閉關，那位王子殿下一直在反覆看當天的監控，時不時失蹤一段時間。別的就沒什麼了。」

出於北辰軍隊體系內部的傳統，他們也是用少將軍的稱號來稱呼有奕巳，雖然有奕巳本人並沒有任何軍職。

沒什麼？洛恩揉著太陽穴。

這才不是沒什麼！這幾人一連幾天比自己都忙，看來是準備了一場大陣仗！也不知道他們這大陣仗，雷文要塞接不接得住。

算了，只要他們喜歡，隨他們怎麼弄吧。洛恩徹底放手不管了，一是因為有奕巳的身分在那擺著，他不好干涉，另外還是緣於心中對有琰炙的愧疚。如果有奕巳他們的行動真能挽回點什麼，洛恩也是樂見其成的。

另一邊，埋頭於實驗室的幾人，進展卻不是很如意。

「雖然慕梵可以再模擬出當時的環境，製造出另一條時空隧道，但是沒有具體的座標，我們還是不能確定有琰炙究竟被傳送到了哪裡。」

西里硫斯指著一系列資料分析圖說：「我們不可以，但神石可以。它自古以來就是亞特蘭提斯王室的祕寶，與王室血脈一脈相承。以它定位，肯定可以找到有琰炙的位置。」他目光灼灼地看向身前的人。

「我知道，我會儘快去拿回神石的。」有奕巳苦笑，「你放心，這件事已經在計畫中了。」

西里硫斯瞥了他一眼，「我不知道你和那個慕梵準備怎麼做，但是你和他走得這麼近，別怪我沒提醒你，小心被人拿來當作把柄。」

有奕巳聞言神祕一笑，「我還擔心他們不提這件事呢。」

西里硫斯看到他這個表情，就知道這傢伙完全不用自己擔心。他收起資料，轉身就繼續回去忙自己的事。

「等等。」有奕巳卻喊住了他，「你為什麼要這麼做？」

西里硫斯的腳步一頓。

有奕巳道：「我和慕梵都是因為血脈親緣，無法割捨下他。但是你和他沒有什麼關係，為什麼要為他做到這個地步？」

沒有關係嗎？

西里硫斯想，原來在外人眼中，自己和有琰炙不過就是這樣淺淡的聯繫。事實上也是，兩人萍水相逢，除了西里硫斯幫助他提升能力外，並沒有過多的交往。但是不知為何，他總是無法忘記那雙陷於痛苦之中的雙眼，也無法對那個人的掙扎視而不見。

有琰炙因為身世突變而痛苦。而他西里硫斯，又何嘗不是這樣呢。只是他更自私，他只想為自己而活，他不在乎別人的看法，所以他走了出來。可那個人不是，那個一心一意只有付出和奉獻的人，在發現過往的一切都是謊言後，就只有陷落。

這讓西里硫斯彷彿看到了過去的自己，曾因為舊王室的血脈失去一切，一無所有的自己。他能活到現在，是因為他捨棄了情感，捨棄了道義，捨棄了過去那個脆弱的自己——卻也失去了最本初的自己。

所以，他無法對有琰炙視而不見。救贖那個男人，就是救贖他的本心。

當然，這些話西里硫斯不會告訴任何人，至死都不會。

有奕巳就只看見那個瘋狂科學家背對著他搖了搖手。

「你就當我是多管閒事好了。」

有奕巳目送他離開。

「多管閒事？」他低下頭看著自己的指尖，被一個外人用這樣的態度來相助，真是讓他感到自嘲。

「真希望時間能過得快一點。」

有奕巳閉上眼，祈禱能快點結束這一切。

就在當天下午，就如同商量好的一般，久不登門的軍部副部長再次造訪雷文要塞。只是這一次，他一開始就表現出了來意。

「聽說『萬星』正在貴要塞。」副部長一來就開門見山，「軍部已經為他發出了搜救令，既然人平安無事，為何不第一時間返回？」

洛恩回道：「自然是有要事在身，萬星還不方便動身。」

「不方便？」副部長狠狠一笑，「怕是在帝國過慣了好日子，不想回國吧。聽說那位帝國王子殿下對他可是頗為傾心，莫非他是想就此留在帝國給人當禁臠？」

他這麼一說，身旁的幾位軍部官員都不懷好意地笑了起來。

「無禮之言！」洛恩和周邊的士兵都憤怒起來，「貝斯坦，注意你的言辭！你的汙衊是對我們北辰的不尊重。」

「我汙衊？」副部長哼了一聲，拍了拍手，讓人走上前放出一系列照片。其中有不少，都是有奕巳在帝國境內的照片。

「這些難道不是證據嗎？當日萬星與慕梵一起失蹤，沒過多久就出現在帝國境內，久留他國而不返，你能說他不是故意的？還有，之前他被羅曼人俘去，現在卻無緣無故地出現在這裡，這恐怕不是巧合吧？」

「你什麼意思？」洛恩陰沉道。

副部長毫不示弱，「沒什麼意思，我只是想問問，被你們捧在手心的萬星，究竟是不是那麼清白。什麼以一敵百，殉國英雄！在我看來，萬星無非就是一個勾結帝國、陰謀篡逆的叛匪！」

他的話引來周圍雷文要塞士兵的憤怒目光，本人卻渾然不顧，繼續道：「先不提前任萬星的行為，就單論這個有奕巳。在北辰軍校的時候，眾所周知他與帝國王子慕梵關係匪淺。若兩人真是血海深仇，能有這樣的交往？」

洛恩此時已經冷靜下來，「你究竟想說什麼？」

「我想揭露一個驚天的陰謀。」副部長說到興奮處，口沫飛濺，彷彿勝利果實就在眼前，「難道你們還看不出來嗎？為什麼當年只有萬星能與鯨鯊有一戰之力？為什麼直到現在，都沒有別人能夠戰勝鯨鯊？這就是他們串通好的陰謀，塑造一個為國殉葬的戰神，獲得無人可及的地位，然後他們就可以得到一切！什麼全族殉亡，什麼最後一戰？完全就是謊言！還有這個莫名其妙的有琰炙，他可是當年有銘齊一手培養長大的，你們還不明白他的身分嗎？他就是——」

「副部長閣下說得如此激動，彷彿親眼所見呢。」

突然而來的聲音，打斷了副部長唾沫橫飛的演講。少年高挑的身影走上前，頂著眾人的視線，望向對方。

「不過你無憑無據，汙衊先人，是否已經做好了承受惡果的準備？」少年微笑，變臉只在片刻，那突如其來的威壓，就連久處政治沙場的貝斯坦也莫名心驚。

「我當然有證據，只怕你們萬星不承認。」很快，他又為自己的膽怯皺眉，心想不過一個小鬼，有什麼好害怕的。

「很好，既然副部長如此有依仗。不如我們就找眾人作證，當面對質，也好弄清事實真相。」

有奕巳拍了拍手，在對方驚疑間，已經有人搬來了工具，很快，就將現場布置成一個可以即時傳送光影的會場。

「你做什麼？」副部長貝斯坦蹙眉。

「不做什麼，只是如你所願——」

有奕巳微笑，身後半空驀然浮現出一個巨大的圓形會場。

「申請了一場星際會議。」

會場由一張虛擬的圓桌組成，足足有上百個席位圍繞。已經有不少人出現在圓桌的席位上，臉上帶著些微茫然，不知為何會突然召開緊急會議。

看向還在呆愣的貝斯坦，有奕巳淡淡道：「在眾人面前指證我，讓我沒有翻身餘地，不正是你們的目的嗎？可是——」

他呲牙，露出一個笑容。

「你確定，最後不能翻身的會是我？」

星際會議，共和國級別最高的議會。一共一百零一個席位，每年舉行一次例會。在例會之外召開星際會議，需要由三名以上高級議員提出申請，並得到超過三分之一的席位擁有者同意。而此時，陸陸續續出現在虛擬會場的眾人，臉上幾乎都露出了驚訝的表情。

「議長閣下，這究竟是怎麼回事？」有議員高聲抗議，「突然召集會議，為什麼事前沒有任何通知？」

很多人都有此抱怨，可是議長巴默爾本人卻同樣搞不清楚狀況，被祕書通知星際會議通過申請、要臨時召開的時候，他本人還躺在溫柔鄉裡，根本是一頭霧水。但是議長閣下不明白，不意味著所有人都不明白。

與在場大部分議員的慌亂不同，有那麼一些人，好整以暇地坐在席位上，似乎對事情的進展一點都不感到意外。巴默爾的目光投向其中一人，開口道：「或許莫利西大法官可以為我們解釋一下現在的情況？」

頭髮花白的莫利西聞言一笑，「議長閣下為何不去問召請議會的當事人呢？」

遲遲趕來的巴默爾這才注意到，在虛擬會場的另一端，那個出現在眾人視線中心的人影。

有奕巳眸光清澈，面對眾人的視線毫不退縮。他迎上巴默爾的目光，微微頷首。

「晚安，議長閣下，很抱歉這麼晚打擾了。」

「你是……」巴默爾的喉頭有些乾澀。

「『萬星』家族第四十七代後裔有奕巳，見過各位閣下。」立體的虛擬身影微微傾身，隨即又挺直脊樑，他吐出的言語猶如霹靂一般炸響在眾人耳邊。

十八年，將近十八年了，竟然又有一位「萬星」出現，難道這就是命運嗎？

巴默爾疲憊地閉了閉眼。一切都是註定的嗎？註定他這輩子都躲不過萬星這個劫難？就在他心神不定時，有奕巳已經向眾人說明了事情原委。

「出於以上原因，貝斯坦副部長認為我有通敵叛國之嫌。迫不得已，為了證明清白，我冒昧要求莫利西大法官幫我申請星際會議，還望各位閣下見諒。」

有奕巳如此坦蕩地將事情緣由告知，倒弄得有心為難他的人不知如何是好了。

「貝斯坦，他所說的可確實？」一位軍部官員發言，「若你沒有明確證據，無故指控萬星，可知道自己會面臨怎樣的後果？」

他這句話，一下子點醒了還在茫然中的貝斯坦，這位軍部副部長恢復了清醒，連忙道：「屬下自然不會無緣無故指控，肯定是證據確鑿，才來向各位指證。」

「哦？」那位軍部官員又色厲內荏道，「你要知道，如果是沒有旁證佐證的孤證，也是不能成為證據的。」

有奕巳聞言，若有所思地看了對方一眼。那位軍部官員話裡有話。有奕巳當年就是以軍部孤證不足定案為由，為柏清和北辰第三艦隊成功辯護，這些人是怕他再來這一招，提前斷了他的後路。

「當然不是！」貝斯坦連忙道，「各位請看！這是我收集到的，帝國那邊的情報。」

他提交出的是幾張慕梵與有奕巳的合影，還有表明兩人共同現身帝國境內的一些報導。

「這些證據來源於帝國星網，若是誰不放心，可以親自去搜集。各位閣下，這足以證明在數個月之前，有奕巳就已經出現在帝國。我們早已發出搜救令，他身為當事人卻遲遲不歸，故意停留帝國，究竟有什麼意圖？」

貝斯坦目光險惡地看向有奕巳，少年沒有回答，這讓他以為自己抓住了把柄，繼續得意地道：「眾所皆知，之前在軍校聯賽中，各校學生受到襲擊。當時發動襲擊的就是這位慕梵殿下，有奕巳與他一起消失，又安然無恙地出現在帝國。雖然明面上來說，發動襲擊的是他人，但這兩人行動如此巧合，實在不得不讓人懷疑，這場襲擊是不是和他們也脫不了關係。」

言下之意，竟然要把襲擊學生的黑鍋扣在有奕巳和慕梵頭上。

「發動襲擊的是新人類聯盟。」有奕巳開口，「慕梵當時是被人控制，只有我可以暫時抑制他的精神。之後被他擄走是身不由己，直到最後安全脫身，全都是意外。當時發生的一切，都有人可以作證。」

「誰可以作證?!」貝斯坦咬牙。

「我！」

議員席位上的一人突然站起身，道：「諾蘭星系韓氏家族，可以為此作證。」

他這一句話，帶動了不少人做出同樣的宣言。最後，這一側席位上，一個威嚴的中年男子緩緩開口道：「諾蘭，卡爾家族，作證。」

這些全部都是諾蘭星系的代表，作為大元帥諾蘭的大本營和出生地，至今為止，還沒有人敢輕易得罪諾蘭星系。

貝斯坦見狀，只能狠狠咬了咬牙。

「就算如此。慕梵殿下與你關係可謂是非同一般，這點你承認吧？」

「承認。」有奕巳說。

貝斯坦心裡一喜，抓住這一點攻擊，「身為共和國名門，卻和帝國王室如此親密。何況當年鯨鯊一族與你們可是有血海深仇，如今你們竟然能這樣交好，實在是不得不讓人懷疑另有苟且……」

「名門？」有奕巳打斷他，冷冷一笑，「『萬星』可擔當不起這個稱呼。沒有家族封地，沒有半分遺產，我只是一個普通人而已。至於血海深仇，百年戰爭期間，在座各位不少都有家族前輩戰亡於沙場，可據我所知，包括貝斯坦副部長在內，可也有不少人頻頻與帝國貴族聯繫，往來密切。」

貝斯坦一愣，在場不少議員都面露窘迫。萬星當年絕後，原本屬於有家的領地被這些人的先人狼吞虎嚥，瓜分乾淨，他們手裡誰沒有點剝奪自萬星的油水。而與帝國上層人士往來，互通有無，也是高層心照不宣的做法。

貝斯坦那麼一說，好像將他們所有人都打成了賣國賊，當場就有不少人狠狠瞪著他。有奕巳很快賣了他們面子，繼續道：「當然，兩國停戰已久，友好邦交無可厚非。而我之所以停留在帝國，也是因為受慕梵殿下邀請，要將當年他『偶然』得到的家族遺物返還給我。交接事宜耽擱了些時間。」

「咳咳，既然如此，有奕巳停留在帝國，就是情有可原。」當場，立刻有些心虛的議員辯護道，「也不能作為他和帝國有私下篡謀的證據。而且兩國目前已是正常邦交，就算偶有來往，也無可厚非嘛。」

「正是，正是。」

有不少人紛紛為有奕巳說話，有奕巳抬頭望去，眼中帶著一絲譏諷的笑意。這些人絕對不是心甘情願地為他說話，如今卻不得不因自身的利益而為他辯解，實在是諷刺。

看到又一項指證不成立，貝斯坦有些著急，他張了張嘴，正想著怎麼咬狠一些，突然注意到長官的眼神。對了，我何必與他爭這些，反正有一點，你們「萬星」是怎麼也跑不掉的！

「那麼，我只問你一句，這次守住雷文要塞、突然進階的有琰炙，現在人在哪裡！」

有奕巳呼吸微窒，看向貝斯坦的目光泛著些冷意。

貝斯坦渾然不覺，只認為自己拿捏住了七寸，得意道：「眾所皆知，這次雷文要塞能成功守下來，要歸功於有琰炙突然進階坤階。可是，國內已經有百年沒有人突破坤階，有琰炙年紀尚輕，進階如此迅速，難道不惹人懷疑？更何況，當時他所使用的能量，實在是有些蹊蹺。」

貝斯坦滿懷惡意道：「這樣的力量實在非人力可及，倒是令人聯想到亞特蘭——」

「非人力可及，那只是一般蠢物不敢妄想而已。」有奕巳冷冷打斷了他，「副部長的邏輯實在可笑。數百年內沒有人可以達到坤階，有琰炙成功了，就是異類？難道閣下以為，因為自己只有賣弄權術的本事，世上就沒有能人了嗎？」

「你——！好，你不承認！可是當時有琰炙使用的能力，明明就是亞特蘭提斯鯨鯊的力量！」

有奕巳不為所動，「你親眼所見？」

「當然，有琰炙失控時引起的時空黑洞，難道不是和慕梵襲擊軍校聯賽當時一模一樣?!這難道不能證明嗎!」貝斯坦著急道，可話剛說完，卻看見對面少年嘴邊慢慢浮起一絲笑意，心裡頓時一涼。

「時空黑洞?」有奕巳咀嚼著這個詞，「敢問副部長閣下，是從哪裡得知這個詞?」

「我……是你自己說你被慕梵擄走的!」

「我只說是被他擄走，有說是怎樣被擄走嗎?」有奕巳微笑。

「當時慕梵失控，所引起的異狀，除了在場人員，就沒有旁人得知。而最後撕開空間裂隙時，更只有當時在北辰星艦上的北辰軍校和諾蘭軍校的人見證。哦，當然，還有另一批人——新人類聯盟。」有奕巳看向他，「副部長閣下，是從諾蘭軍校學生的口中，得知這個消息的嗎?」

諾蘭星系的人冷笑道:「我們與軍部，可沒有這麼親密的關係。」

「顯然，也不會是北辰軍校。那麼——」有奕巳瞇了瞇眼，「副部長閣下，難道是從新人類聯盟處得知這個稱呼的?或者說，部長閣下在帝國還有自己的耳目，可以得知帝國王室的祕辛?」

貝斯坦心裡叫糟，沒想到自己會在這裡踩中對方的陷阱，怎麼辦，承認還是不承認?就算承認自己與新人類聯盟有關係，他們能拿自己怎麼樣?總比被說成是勾結帝國耳目要好。

他咬牙，「就算我從新人類聯盟那知道的，又怎麼樣!」

這話一出口，軍部長官的臉色頓時變得煞白，看著他的目光似乎要將他吃了。不少議員露出看白痴般的目光，還有一些人則是幸災樂禍。貝斯坦愣了一會，好半晌才反應過來自己說了什麼。

新人類聯盟雖然名義上是個中立組織，但是它祕密襲擊軍校演習，發動對雷文要塞的不義之戰，這些都是心照不宣的事。只是苦於沒有證據，一直無法提到明面上而已。而貝斯坦現在承認了自己與新人類聯盟有聯繫，一旦新人類聯盟被人捉住了把柄，就會——

「軍部對此一無所知！」軍部最高長官立刻站起身來，「這全是貝斯坦一人所為，軍部被他蒙蔽在內，毫不知情！」

這個時候，只有將自己徹底撇乾淨，才不會惹得一身腥。

巴默爾瞇了瞇眼睛，神情莫測，道：「貝斯坦副部長，你要為自己說的話承擔責任。」

貝斯坦此時腦內一片混亂，明明是自己設的局，為什麼變成了自己掉入陷阱？他看著對面的黑髮少年，對方微笑如舊。

你確定，最後不能翻身的會是我？

一股寒意，從背脊處升起。

這是他早就謀畫好的！這個萬星早有準備，就等著將計就計，最後反打一耙！可怕的心機，可怕的手段！

就在這時，有奕巳突然展顏，對他露出一個溫柔的笑容。

「議長閣下，本人在此，提出另一項指控。」

巴默爾沉默。

有奕巳道：「新人類聯盟圖謀不軌襲擊軍校聯賽，又野心勃勃密謀綁架帝國王子。其罪名已涉及謀殺、反人類和戰爭罪。議長閣下，我在此請求，對其進行審判！」

他看了看有些猶豫的巴默爾，微笑道：「如果您是顧慮證據不足的話，請不用擔心。慕梵殿下已經在帝國正式啟動對新人類聯盟的調查，而羅曼人手裡也存有新人類聯盟勾結軍部的證據，一切證據，都將在稍後呈上。」

轟隆，猶如最後一擊，將貝斯坦最後的堅持也擊潰。

「你這個魔鬼！魔鬼！」失控的副部長叫囂著要撲上去，卻被一旁的雷文士兵牢牢制住，「你和慕梵做了什麼，羅曼人他們為什麼會放過你，你不會有好下場的！萬星！」

而很顯然，有奕巳並不打算就此放過他。

「貝斯坦閣下如此失態，恐怕與新人類聯盟的勾連已不是一時。而剛才他提及羅曼人，據我所知，軍部最近正在對羅曼人開戰吧，這裡面恐怕還別有內幕。」

所有人看著這個少年的笑容，卻覺得心頭一寒。

他轉身，對星際會議眾議員道：「同時，我在此提出反訴。指控貝斯坦勾結新人類聯盟和帝國，誣陷忠良，殘害無辜，構成叛國罪！」

他望著巴默爾，一字一句道：「同時，建議議長閣下開啟最高審判會議，徹查軍部以及相關人員。」

軍部最高長官的臉色，此時已經不能用鐵青來形容。他用噬人一般的眼神盯著有奕巳，有奕巳卻無動於衷。

巴默爾望著那雙清澈的黑眸，只覺得萬分疲憊。

許久，他才聽見一個彷彿不是自己的聲音。

「批准申請。」

「殿下。」

梅德利小跑地走進房間，看著埋首在一堆文件中的人，小心翼翼地出聲喊道。

慕梵微微抬起頭，銀髮已經過肩，隨著這個動作，髮梢劃過他的尖耳。俊美的面容一半隱藏在陰影下，猶如等待擒獲獵物的猛獸，安靜地潛伏著。

「共和國星際會議已經結束。」

梅德利斟酌著開口，又看了眼慕梵，見對方沒有動作，繼續道：「有奕巳提出了新的指控與反訴，目前副部長貝斯坦已經被監禁，軍部也面臨清肅。一切都如您預料。」

「不是如我預料。」慕梵輕輕笑道，手指停了下來，「是如他所料。他在哪？」

這個他，全星際只有那一位。

被慕梵設為星腦背景圖、時不時翻出來看，聲音被設置為星腦智慧語音、早起晚睡都要聽一遍。就連兩人當時流落在外，那人穿過的睡衣，也被慕梵隨身攜帶，咳，用途不明。

「這個，有……那位大人現在在西里硫斯的實驗室。」得知自家殿下詭異的癖好後，梅德利現在都不敢直呼有奕巳的名字了。

「又在那？」慕梵不悅地蹙眉，站起身似乎想出門，可半晌後又坐下來。他的臉色陰晴莫辨，似乎在想著什麼。片刻後，梅德利聽見慕梵清冷的聲音提問。

「羅曼人還在與共和國的軍隊死戰？」

「是，聽說戰事陷入膠著，雙方僵持不下。」

「你說，如果這時候打亂平衡，讓羅曼人一舉拿下整座星系，軍部的人會不會被逼得狗急跳牆？」慕梵不懷好意地說。

「可這麼做的好處是什麼？」祕書官不解。

「軍部現在處境不佳，如果稍加逼迫，說不定能逼出一些有趣的東西，也是意外之喜。即便不能，也算是我給羅曼人的人情。」慕梵看著他，「這件事你知道該怎麼做。」

「是。」梅德利苦笑，這位殿下心血來潮，又要增加他的工作負擔了。不就是為了討萬星歡心嗎？還找這麼多藉口。真是，被感情衝昏頭腦的雄性都是下半身動物。

「梅德利！」

正在吐槽的祕書官渾身一顫，連忙正經道：「殿下，還有什麼吩咐？」

「我今天怎麼樣？」

慕梵站起身，走到他面前。

梅德利看著穿著深色制服，英俊瀟灑的殿下，很是不解了一會。沒少扣釦子呀，領口也繫上了絲帶。他瞥見慕梵正在漫不經心地翻某人的照片集，立刻醒悟。

「殿下這身英姿颯爽、風姿綽約，正是我帝國年輕人的楷模！」

慕梵滿意地看了他一眼，才像一隻精神抖擻賣弄尾羽的雄雞，大步流星地走了。

獨留下祕書官看著他的背影，默默流淚。

陛下，大殿下，屬下對不起你們。屬下沒有看護好慕梵殿下，讓他的心被人叼走啦，叼走啦。

慕梵找到有奕巳的時候，他身邊不僅有西里硫斯，還有一個紅髮的礙眼傢伙——沃倫·哈默。慕梵記得這個傢伙，他可是第一個對有奕巳提出騎士申請的人。當時覺得沒什麼，但是現在慕梵想起就覺得渾身不舒服。然而一想到，沃倫只是個成為騎士未遂的傢伙，有奕巳身邊還有三名正式騎士，將來會如影隨形地跟在他身邊，慕梵心裡就鬱悶到快吐血。

尤其，他還不能把這些守護騎士怎麼樣，因為有奕巳的守護騎士長，是他親哥。而且照之前相處的情況看來，最討厭慕梵的人就是有琰炙。這其中還有一部分原因，是慕梵自己造成的。

鬱悶。

有奕巳正與人聊著，莫名感到一股灼熱的視線，一抬頭——

「慕梵？」他開口，「你忙完了？正好我要找你。」

慕梵剛感到一些被需要的寬慰，有奕巳就拉著身邊的沃倫·哈默對他說：「沃倫來得及時，把我們在新人類聯盟要塞俘虜的那個女人帶了過來，你正好見見她，看有沒有什麼問題。沒問題的話，我一會就和他去審問。」

審問？是兩個人共處一個小房間，一待就是一下午嗎？慕梵瞇了瞇眼睛。

趕了幾天路才抵達雷文要塞的沃倫，突然就背後一涼，一股莫名殺氣襲來。奇怪，他惹到誰了？

慕梵淡定地收回視線，說：「帶我去見她。」

曼娜，這個新人類聯盟的高級成員之一，之前被有奕巳控制了心神，目前猶如人偶一樣，動也不動。慕梵見了，點了點頭。

「就是她，但是，我記得那座基地應該還有一個副手。」

「副手？」有奕巳錯愕，「但是我們去的時候，基地的領導者只有她一個。你記得那個副手長什麼模樣嗎？」

慕梵搖了搖頭：「當時我被控制，很多事情記不清楚。但如果再讓我遇到他，我可以認出來……」他的話音突然頓了一下，臉色驟變。

有奕巳注意到這點，連忙問：「怎麼了？」

慕梵沉聲道：「我要再看一下當天的監控。」

幾人滿頭問號，只能看著慕梵調出監控，看了一遍又一遍，他幾次把影片暫停，盯著畫面中那個只露出半個身影的面具人，靜坐不動。

許久，慕梵深吸一口氣，道：「就是這個人。」

「哪個人？」西里硫斯問，「你認出這個面具人了？」

慕梵搖了搖頭：「我只能認出，他應該是新人類聯盟祕密基地的副手，其他的就沒有了。」

慕梵被控制時期的那段記憶，其實很模糊，要不是剛才突然提起舊事，他也不會把這兩人聯繫在一起。

「果然是新人類聯盟的人。」有奕巳說，「可是他究竟是誰，在裡面對哥哥又說了什麼？」

「應該是哥哥認識的人，並且對他有一定影響，以前，或者現在。」

慕梵現在特別喜歡和有奕巳一起這麼稱呼有琰炙。雖然他這麼喊時，心裡想的是慕焱，而有奕巳肯定是記得作為人類的有琰炙。但是這並不妨礙他們銘記的是同一人。

慕梵喜歡這種牽絆，他還想著，等找回了有琰炙，一旦他恢復了身為慕焱時的記憶，按照以往慕焱對他的寵溺，兄長肯定會在他追求終身幸福的這件事上，助他一臂之力。

只要一想到這，慕梵就恨不得下一秒就能把有琰炙找回來。

很久以後，血一般的教訓會讓慕梵知道，自己當時的妄想是多麼天真。不過現在，不妨礙他這麼幻想一會。

有奕巳皺眉，「但是這麼一個人會是誰？又為什麼會在新人類聯盟那邊？」

「這件事我們不清楚，但是有一個人肯定知道。」慕梵說。

「有王耀。」他冷笑，「作為培養有琰炙，並塑造他新人格的幕後人之一，我也有很多事要問一問這個前任上將。」

西里硫斯也贊同：「有王耀現在被監禁在北辰，在弄清有琰炙的身世這件事上，你們必須去回去一趟。」

回北辰？

有奕巳有些愣愣的。

他替學校出戰軍校聯賽，好像還是昨天的事，可一眨眼卻經歷了這麼多，物是人非，再回去北辰，他身邊卻沒有了當日熟悉的人。

有琰炙，克利斯蒂師兄，還有沈彥文和伊爾他們，如今都天各一方。而他自己，現在也被公開了身分，他還能和以前一樣，回到那個給予了他榮耀和歸屬感的地方嗎？

突然有人搭上他的肩膀，慕梵對他眨了眨眼。

「也許現在出發，還可以趕得上北辰這一屆的招生。不想一起回去看看嗎，隊長？」

聽著這久違的稱呼，有奕巳微微一頓，隨即心裡浮起一股暖意，想起兩人初次見面時說的第一句話。

「慕梵，你的隊友。」

「蕭奕巳，你的隊長。」

時間過了這麼久，當年懵懂的相遇，在之後化為解不開的緣分。從那時到現在，他身邊一直還在的人，不是還有一個嗎？

有奕巳對慕梵露出笑容。

「這是我的榮幸，殿下。」

時隔近一年，有奕巳決定啟程，返回北辰！

第五十章 北辰之星（一）

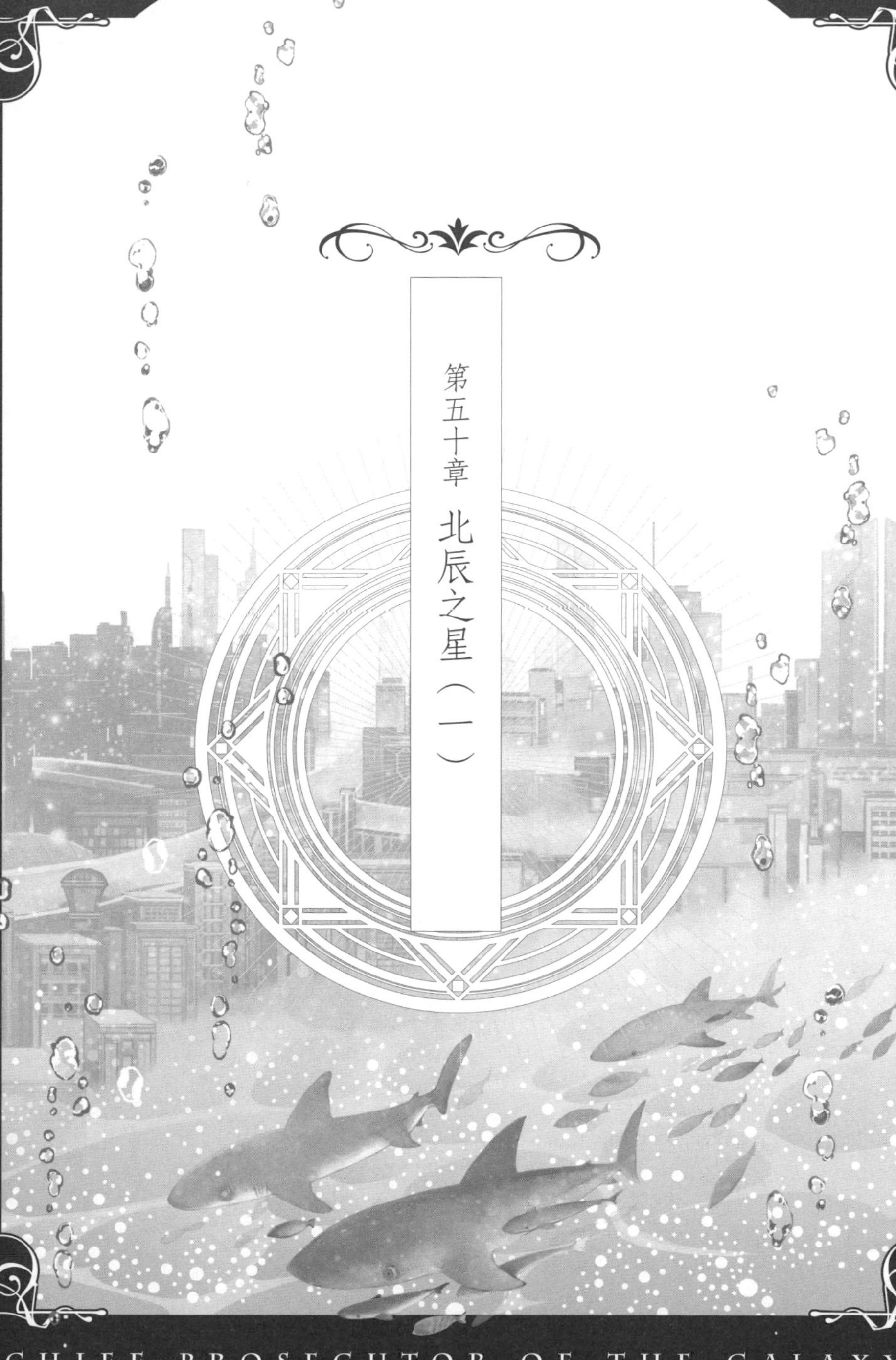

北辰星系，北辰主星。

自從第三艦隊被軍部架空，其他幾大艦隊奔赴雷文要塞後，北辰的防禦一直就處於臨界點邊緣。僅剩的幾大艦隊不是遠在邊境，鞭長莫及，就是受到軍部牽制，無法輕易動身，竟然都無法回援主星。因此北辰主星的權力爭奪，就被有心人鑽了空子。

現在，主掌這顆行星的是傾向中央的改革派。北辰前上將有王耀被革除軍職，監禁於家中，北辰軍校也被軍部派來的人隔離，一時之間，這顆星球的風雲變幻，讓很多人都猝不及防，失利者摔得傷筋動骨，而得利者卻志得意滿。

米菲羅．卡塔，就是這次利益爭奪中的得利者。

他領著一群跟班走在北辰校園內，眼高於頂，從不正眼看人，似乎自己就是這座校園的霸主。平時上課，不是囂張地和教授頂嘴，就是顯擺自己沒有幾兩的才華。很多人都看他不順眼，可偏偏也沒人敢當面與他對立。誰叫人家現在正春風得意呢？

但是，這很多人，並不包括所有人。

「你是什麼意思！」

今天，自以為是天之驕子的米菲羅．卡塔，就遇到了一個不懂得看清形勢的硬骨頭。

站在他前面的守護學院學生，穿著一身筆挺的黑色制服，手指半搭在腰間的禮儀佩劍上，似乎隨時可以抽劍劃出幾道漂亮的劍花。這舉動讓米菲羅身邊憤憤不平的幾人，都不敢輕舉妄動。

因為他們都知道，自己不是這個人的對手。可偏偏又不能露怯，只能拚命武裝自己，怒瞪著對方。

守護學院新的四年級首席，容泫，看了眼這些色厲內荏的狗腿，嘴角帶過一絲譏嘲。

「你聽不懂人話嗎？」他譏諷的目光投在米菲羅．卡塔身上，「我拒絕，無論你再問幾次，回答都是一樣。」

米菲羅忍了忍，拚命維持自己的風度。

「也許你還沒有弄清形勢。容泫，新生入學後你就是四年級學員，馬上就要畢業。到時候你不是選擇成為某個人的守護騎士，就是入伍從軍。新的徵兵法出爐後，你如果入伍，除非有特別徵召，否則必須被分派到其他星系的軍區。可按照現在北辰這個形式，有哪個軍區會接受北辰軍校的學生？」在分析情勢上，米菲羅自以為還是很有兩把刷子的。

「所以，我建議你，與其被人分配到不知哪個角落成為雜兵，不如趁現在，選個有前途的契約者，成為他的守護騎士。」他傲慢地揚了揚頭，「這是為你好。」

容泫不耐煩地道：「所以你覺得，這個人會是你？」他上下瞟了對方一眼，嗤笑，「你哪來的自信？」

「你！」米菲羅惱羞成怒，「我再給你最後一次機會，要不要效忠我，你自己考慮。」

「不用考慮了。」容泫絲毫不給他面子，提起佩劍就走。

米菲羅在後面怒吼道：「我會讓你後悔的！」

他氣沖沖地帶著人走了，然而容泫連頭都沒有回一下。

旁觀了這一切的某位學員，小心翼翼地道：「容泫，米菲羅或許要對你下手了。他們改革派勢力正盛，連莫迪教授都被逼得停了職。也許你可以試著敷衍一下。」

「敷衍，然後搖尾乞憐，一直討好他們？」

容泫譏諷，勸說他的學生露出了尷尬的神色，再沒有人與他交談。

然而很快，第二天，米菲羅．卡塔的報復就來了。

「停學？」容泫看著新的教務主任遞給自己的通知單，「什麼理由？」

「沒有理由。鑒於你最近的表現，學校覺得你可能需要一段時間休整。」教務主任冷漠道。

「拿了通知，你就可以回家了，等接到新的通知再複學。」他笑了笑，「如果有的話。」

容泫沒有說話。

教務主任有些憐憫又鄙夷地看著他，「有些人，就是不明白自己所處的地位。像之前保守派那樣一意孤行，才會讓學校蒙羞。」他見容泫不說話，又得意洋洋繼續道，「要是早點學會審時度勢，我們北辰也不會像今天這樣。」

「像今天這樣，被你們這群酒囊飯袋掌控？」一直沉默的容泫，突然抬頭，「你說得對。這所學校，早就不是北辰了。」

他面色陰沉，單手解開佩劍。

教務主任的眼睛逐漸睜大，看著一步步逼近的容泫。

「你想做什麼?你要——」

尖叫聲埋沒在劇烈的震響中。

而等其他人接到消息，事情已經醞釀升級到了另一個版本。

「容泫襲擊了教務主任?!」

「他將那個死胖子抓起來，當做人質？」

「幹得太痛快了！」

「不行，我也忍不住了，早看那些改革派的人不爽了，操傢伙上！」

痛毆教務主任只是一個開端。很快，學生們的抗議運動越釀越烈。以容泫為首的四年級守護學院的學生，很快占領了學校的教務中心，包括教務主任和一批校董，都被他們控制了人身自由。而學校的防衛團和守護學院的教官們，卻像是齊齊失聰失明，等整個教務中心都淪陷了，才遲遲趕來「營救」。

「哎呀，這打得也太慘了。」

教官艾蒙摸著下巴，看著鼻青臉腫的教務主任，率領著護衛團的人將周圍封鎖，卻沒有和學生們起衝突，只是笑著和容泫說：「沒想到，先忍不住的會是你。」

「艾蒙！你是想要和容泫一樣，公開造反嗎！」面目全非的教務主任憤憤道。

「造反?哎，怎麼會?作為教官，我當然得好好教育他們。」艾蒙正色對容泫道，「不是我說你，既然都撕破臉了，為什麼不把這傢伙直接揍暈過去?擺著好看嗎?」

教務主任活生生地被他氣暈了。

容泫看他：「我以為你會制止我。」

「制止?」艾蒙輕笑，「就算你不這麼做，我早晚也忍不住。在他們抓了芙羅拉的時候，我就打算幹一把了，只是沒找到時機。」

芙羅拉是星法學院的法制史教授，三天前，因為反對米菲羅成為星法學院的三年級首席，而被當政派找了事由監禁起來。北辰軍校的校風墮落到如此地步，也難怪容泫說，這已經不是以前的北辰了。

校長戰隕，最優秀的學員不是流落在外，就是下落不明，這所曾經的星際最優秀學校，哪裡還有半點以往的影子。

艾蒙問：「倒是你，突然幹這麼一把。等外面的人反應過來，肯定會派軍隊的人來對你下手，不後悔？」

容泫卻說：「我曾經很討厭攀附權貴、結黨營私的人。認為凡是和世家子弟走得近的，不是心存苟且，就是只為名利。」

艾蒙愣了一下。

「但是我現在明白，無論是出身世家還是寒門，無權無勢就只能任人擺布。有些力量只有握在手中，才會明白它的負擔。」容泫的目光望著遠方，「我後悔過一次，不想後悔第二次了。」

艾蒙歎息一聲，知道他在說誰。對於他們這裡的每個人來說，這又何嘗不是最後悔的一件事呢——沒有抓住那顆星辰，又任由它再次消逝在指尖。

時間到了當天晚上。

得到消息的星球巡防隊，已經全副武裝，將北辰軍校和教務中心團團圍住。這些巡防隊都是從中央調來的人馬，對這些北辰學生動起手來，絲毫不會留情。

形勢開始變得嚴峻起來。

艾蒙告誡容泫：「現在出去，他們可能還不會動手。但是再拖延一陣，這些巡防隊可能會以叛逆為名，直接對你們動武了。」

容泫嗯了一聲。

「讓他們離開吧。告訴外面那些人，他們是一時被我蠱惑。這些學生有不少都來自各大世家，巡防隊不敢不分青紅皂白就出手。」

「那你呢，不離開嗎？」

容泫說：「總得有人留下來。總得有人讓他們知道，什麼才是真正的北辰。犧牲的人一個就夠了。」

他這是不準備離開了，無論會面臨什麼結果。

艾蒙歎息一聲，將其他學生一同帶走。容泫有一句話說對了，他們已經經不起更多的失去。

學生們不能都留下，因為他們代表著北辰真正的風骨。容泫選擇留下，是因為他需要讓世人看到，北辰真正的風骨。讓中央那幫自以為掌控了這座星系的人知道，無論他們怎麼威懾逼迫，真正壓不彎的脊樑，永遠都不會彎。

時間到了凌晨，最後的對峙結束。巡防隊的指揮官看了眼命令，舉起手道：「叛逆分子襲擊學校，毆傷人命，負隅頑抗，危險極大，現予以剿滅！」

他手落下，漫天的炮火飛向黑夜中的大樓，將那孤獨的身影淹沒。

容汯閉上眼，等待著焚燒自己的烈火。

然而，想像中的炙熱並未如期而至。

他聽到一個熟悉而陌生的聲音。

「予以剿滅？是誰給你們權利，傷害我們北辰的學生？」

那人從陰影中走來，像是點亮黑夜，最璀璨的一顆星辰。

米菲羅・卡塔活了十八年。前十六年過得風生水起，拜投了個好胎所賜，他的人生用紈褲二字形容足以。可是之後兩年，他認為自己做的最錯誤的決定，就是來到北辰軍校。在這不僅沒人賣他家族面子，他也處處受人掣肘。尤其拜某人所賜，從入學測試開始就沒過過一天舒心日子。

好不容易，北辰被中央打壓下去，校長不在，保守派的人也衰敗了，他終於能揚眉吐氣地展開舒暢的校園生活。可誰知，好日子還沒過多久，那天殺的煞星又回來了！

「你你你你……」

前一秒，他見巡防隊的人使用火力，還滿臉得意洋洋。可這一秒，米菲羅的臉色就像是見到鬼一樣。和他有同樣表情的，還有巡防隊的隊長。他不敢相信，自己整隊重武力火器轟出去，不但沒炸出個坑，就連爆炸聲都沒聽見。

慕梵甩了甩手，摩娑指尖的飛灰。

「火候差了點，不然也許你們就可以吃烤鯨鯊了。」他微笑。

巡防隊的士兵們看著這個單手擋下所有攻擊的怪物，手都有些發顫，震驚和恐懼齊齊襲上心頭。而稍微有點眼力的人，比如他們的隊長，關注的就不是這隻暴力的鯨鯊，而是站在鯨鯊身側的另一個瘦削人影。

他的頭像曾被共和國張貼在星網上，人盡皆知；他的家族曾在共和國的歷史，留下不能磨滅的痕跡；而他自己也曾經是北辰最引人矚目的少年天才，風光一時無二。然而此時，他眉目間已經褪去當時少年人的青澀，多了幾分青年的穩重和幹練。他的外貌算是出色，然而最出彩的卻是那雙眼睛，彷彿漫天星辰都點綴在裡面，任由他掌控。這不僅個比喻，事實上——他確實有能力掌控「萬星」。

「你怎麼會在這?!」米菲羅終於把完整的一句話說完。

站在他對面的黑髮青年微笑開口，聽到他聲音的人們這才發現，他連聲音都不一樣了。清澈的嗓音更像是成年人，而不是一個孩子。或許連他自己都沒發現，在即將滿十八歲的這年，他的身上已經發生太多改變。

「我為什麼不能在這？」有奕巳笑著說，「我是北辰軍校入校首席，星法學院二年級首席兼教授助理。如果去年順利升學的話，也會是三年級首席。我出現在這裡，有什麼奇怪的嗎？」

他笑著，卻讓人莫名感覺到壓力。

「倒是各位，拿著武器闖入北辰軍校，是打算入侵北辰嗎？」

軍校作為一個星系的特殊學校和人才基地，一般視作與軍事基地同等級別的警戒，外部武力擅自干涉，會被視同為對整個星系的宣戰。這在星法典上明文記載著，然而沒有人想到，這個突然出現的傢伙，竟然會在這個時候拿出來使用。

巡防隊的隊長當場就流下冷汗，道：「我們只是接到學生的求助，來剷除恐怖暴力分子。」

「暴力分子？除了你們外，我在這裡只看到了北辰的學生。」有奕巳擋在容法身前。

巡防隊長冷靜了一會，道：「這名學生涉嫌綁架北辰教職員工，並私占教務中心，引起學校騷動。蕭……有奕巳閣下，您身為北辰的學生，要包庇他嗎？」

不知為何，他在這個年輕人面前竟選擇使用了敬語，連他自己都感到詫異。

「綁架教職員工？那麼，那名被綁架的教授又在哪裡？」有奕巳挑挑眉。

有人給他指出了正昏迷在一旁，早被人抬了出去的教務主任。有奕巳先是一愣，然後嗤笑道：「『匪徒』被困在教學大樓，而『人質』卻在數百米之外，隨便就將毫無關係的兩人聯繫在一起，說是綁架，這劇本未免也太可笑。有人可以為之作證嗎？」

被容法教訓了一頓的教務主任，早就在之前和其他學生一起撤離，這時候確實沒有符合人質的條件。

在場的人一愣，很快有人意識到有奕巳這是要當面賴帳，頓時興奮起來。

「沒有！我們不認識這個傢伙。」

「來的時候就看到他暈在這裡了，肯定是自己摔的。」

「就是，隨便扯個暈倒的人就說是人質，欲加之罪何患無辭！」

北辰的好學生們耍起賴來也是一等一的能手，這睜眼說瞎話的本事，要是讓那昏迷的教務主任聽見了，恐怕又要昏一次。

巡防隊長皺眉，「我們接到了學生的報警。」

「誰報的警，站出來。」

有奕巳瞇起眼，看到所有人的視線不約而同地投向米菲羅，而這位當事人面色蒼白，卻沒有主動站出來，迎上有奕巳的視線時，甚至不自然地閃了閃。

「原來是你。」有奕巳笑，「你親眼看見容泫綁架這個人了？」

「我……我聽見，不，我知道容泫從被喊進教務主任辦公室，然後主任就受傷昏迷了。」米菲羅強撐道，「難道這不是證據嗎？」

「哦，臆測。」有奕巳說，「就是說你沒有親眼看見，只是憑自己的推斷。」下一秒，他語氣轉戾，「米菲羅．卡塔，誰給你資格推斷守護學院的首席容泫犯下此項罪過！身為普通學生，你可知道汙衊首席要承擔的責任！」

「我也是……我也是，首……」首席那一個詞卡在米菲羅嘴裡，然而站在有奕巳身前，他是無論如何都不能理直氣壯地說出這個詞。

巡防隊隊長見狀，就已經知道今天討不了好，更何況他們不僅被有奕巳三言兩語剝奪了正當名義，單論實力也不可能是慕梵的對手。他臉一黑，帶著屬下就走：「撤！」

「等等。」有奕巳喊住了他，「北辰的校務由北辰負責，之前校長與高年級首席都不在，才勞煩各位大家。從今以後，北辰軍校內部的事務，還是不勞煩各位了。」

巡防隊長聽的心頭一跳，這個有奕巳，一回來就要和他們奪權啊！他想狠狠瞪過去，卻實在沒有底氣，只能啞巴吃黃連，灰溜溜地走了。

而在巡防隊的人走後，雜亂無序的現場先是寂靜了一陣，接著，震天的歡呼像是要讓地面都顫動，一群學生黑壓壓地擠過來，歡呼，把有奕巳簇擁在中心。

「萬星！萬星！」

「北辰！北辰！」

「我們北辰之星回來啦！」

而在漫天的歡呼中，沒有人再去在意米菲羅．卡塔蒼白的臉色。勝利者永遠不用去體諒戰敗者的心情。

容泫呆愣愣地站在原地，直到現在都還沒回過神來。

他看著有奕巳的背影，有些出神。

這個人，就這麼回來了？還一回來就救了自己一命。

這就是「萬星」嗎？這就是北辰所有人心心念念的希望嗎？

一直充當人形背景的慕梵，走到他身旁，像是炫耀自己的寶貝一樣道：「沒有想到他會這麼耀眼？就算你現在後悔當初沒有成為他的守護騎士，也晚了。」

容泫這才看清旁邊這傢伙是誰，他撇了撇嘴角。

「至少我還有資格，而某人，連成為騎士的資格都沒有。」

慕梵臉一黑，想起當初自己為了獲得入學資格，而被迫說過的一席話。頓時，他連把威斯康從墳裡拉出來的心都有了。這個老頭，這個老頭是斷了自己的後路啊！看著扳回一局，眉間跳躍著得色的容浤，慕梵惱怒地想，我討厭所有守護騎士。沒過幾秒，又勉強地補上一句——除了慕焱以外。

有奕巳好不容易擺脫眾人的熱情走回來的時候，看見的就是這兩人有些怪異的局面。

有奕巳：「怎麼了？」

「沒什麼。」慕梵很快調整好心情，「你在這裡的事辦完了嗎？不去找有王耀？」他現在巴不得有奕巳立刻離開北辰軍校，免得下一秒又有什麼不長眼的人撲上來，說要成為他的守護騎士。

有奕巳奇怪地看了他一眼，「上將現在被軍部的人監視著，就算我想見他，也得另謀手段。」

慕梵想說別謀了，謀什麼謀，我幫你走外交途徑就解決了。

有奕巳搶在他之前道：「在這件事上，我不想讓你幫忙。否則，外面的人又會拿我們的關係來做噱頭。」

慕梵委屈又期待地看向他，「我們有什麼見不得人的關係嗎？」

「嗯，沒有，但也怕別人捕風捉影。」

慕梵：「……」

慕梵淡淡道：「那你準備好了叫我，我先回去一趟。」

有奕巳看見鯨鯊突然板起臉，下一秒就從兩人眼前消失，快得連影子都不留。

有奕巳莫名其妙，「他生氣了？」

容汯冷笑，「他是異想天開。」他轉眼，看著眼前的有奕巳，發現在場只剩下他們兩人後，突然又囁嚅了，不知道說什麼好。

有奕巳笑了笑，像是渾然不記得兩人之前的過節。

「我回來了。學校還好嗎？」

容汯看著他。

「只要你還在，一切都會好的。」

萬星回到北辰的消息，很快就被傳播開來。

而有奕巳回到北辰後一系列大刀闊斧的舉動，也被有心人看在眼裡。然而無論外界怎麼議論，有奕巳要做的最重要的一件事，就是見到有王耀。

要想清理北辰風氣，必須重開校董會。北辰軍校的校董事，保守派與改革派各占一半席位，而關鍵的兩票就在名譽校董有王耀手裡。有王耀雖然被暫時剝奪上將軍銜，但是他的董事席位依然保留。所以，無論是為了哪個目的，有奕巳都必須見他一面。

「教授，你一定有辦法聯繫上將的，是不是？」

有奕巳坐在莫迪的私人辦公室內與他密談。自從學校被改革派掌權後，莫迪教授一直閉門不出。今天有奕巳找上門來，他才知道外面已經鬧出了這麼大的事情。

莫迪放下茶杯，「上將已經不是上將了，有些事現在由你出面，比他更有說服力。校董事的榮譽席位本來就是為萬星保留的，既然你回來了……」

「我不能那麼做，教授。」有奕巳說，「雖然現在軍部在內部肅清，但畢竟瘦死的駱駝比馬大，難道他們不會趁機反咬一口。如果我這時候做更多顯眼的事，會被他們找到把柄。」

莫迪歎了口氣，不再多說，「如果你只是想見上將的話，我可以替你聯繫。」

「謝謝。」有奕巳微笑，「對了，我在這裡，還有一件事要麻煩教授您。」

莫迪抬頭看向對面的年輕人，在聽清對方說了什麼後，鎮定如他，也不由得有些合不攏嘴。

「你這是……」莫迪微怔住，壓低聲音道，「你知道自己在做什麼嗎？」

「我已經被太多人問過了這句話。但是教授，我明確知道自己在做什麼，而這也是拯救北辰星系必須走的一條路。」有奕巳用輕緩的聲音道，「太柔和的方法，已經不適合這個世界了。」

莫迪深深看了他一眼，「如果是別人，我一定會認為他瘋了。但既然是你，我答應你。」

我相信，你會帶給北辰一個不一樣的未來。

離開莫迪教授的辦公室時，有奕巳長長地吸了一口氣。其實他也沒有太大的把握能說服莫迪，但是在教授答應他的那一瞬間，他真實體會到了什麼叫責任。將更多的人綁到他這艘戰艦上來後，他可不能輕易地折戟沉沙。

「首席！」

「首席，您早！」

「首席，您吃早飯了嗎？」

一出莫迪教授的辦公室，早就虎視眈眈聚集在旁的北辰學子一湧而上，興奮地將他圍了起來。昨天得到消息的只是少數人，然而今天，幾乎是全校沒上課的學生都聚了過來。甚至還有人問：「首席，您還缺守護騎士嗎！不用包吃包住，讓我每天跟著您就好！」

有奕巳深切體會到了什麼叫做愛的沉重。

旁邊突然斜插過來一隻手，將那些人全部擋在有奕巳身邊的一尺開外，容浤面無表情地看了那些人一眼。無論是星法學院的崇拜者，還是守護學院的愛慕者，全都瑟縮了。容浤是誰，敢吊打教務主任的人，誰敢在他面前放肆。

「沒有課就隨處亂逛浪費時間，你們都不需要練習了嗎！」容浤一聲令下，所有人做鳥獸散。再狂熱的崇拜者，也只敢在遠處偷偷看一眼。

有奕巳鬆了口氣，「謝謝你。」

「你身邊沒有人。」容浤說，「這樣不行，別以為是在學校裡就一定安全。你需要人守護你的安全。」

「你說得對。」有奕巳點點頭，「過幾天克利斯蒂師兄他們就會回來了，到時候學校裡的事也有人處理了。」

容泫：「……」

容泫默默地吞回一口老血，他看了有奕巳一眼，不知道這人是真的聽不懂他的暗示，還是故意敷衍過去。他想起慕梵之前說過的話，後悔了嗎？後悔也晚了！

容泫：至少我還有機會！

「對了，今年新生入學的事。」有奕巳開始討論起下一個話題，容泫打起精神，邊走邊聊。現在北辰破而後立，在清除改革派的人手後，很多事務都需要有奕巳親自處理。他的身分擺在那，別人也無從置喙。

等到了下午，有奕巳終於收到莫迪教授派人送來消息——他可以去見有王耀了。

見面的地點約在一個偏僻的拍賣場，說起來，這個地下黑市，還是慕梵當初帶他來逛的。想起慕梵，有奕巳忍不住看了看通訊器。都一天沒新訊息了，前陣子那傢伙幾乎是每隔半小時就傳訊騷擾，這是怎麼了，真的生氣了？

遠在天涯彼端的慕梵盯著通訊器：我不傳訊給你，你就不會主動傳嗎！

「閣下，小心腳下。」

帶路的人出聲提醒，有奕巳這才回過神來。他們已經來到了拍賣場的內部，為了避人耳目，有奕巳是變裝外出。然而等他進了拍賣場，才發現這裡竟然比上次還要熱鬧。

領路人解釋：「這是臨時舉行的珍品拍賣會，人多一些的話，會更好掩飾您的行蹤。」

有奕巳感慨，還是這些老油條考慮得更周全。他在侍者的引領下進入安排好的房間，先見到的卻不是有王耀那寬厚的背影，而是一個長相俊逸的年輕人。他大概二十四五歲的模樣，留著整齊光澤的藍色長髮，一身打扮精緻而華麗，卻不像一般貴族那樣充滿脂粉氣，倒有一種軍人雷厲風行的感覺。

見到萬星，這個陌生的年輕人眼裡流露出打量和評估，而很快，他將所有情緒收斂，恭敬地一彎腰，自我介紹道：「蘭斯洛特．奧茲。見過少將軍。」

萬星七將，奧茲家族，掌控整個共和國地下世界的帝王！

有奕巳微微一驚，整頓好情緒回應：「沒想到會在這裡見到你，奧茲閣下。」

「您直接稱呼我名字就好。」蘭斯洛特看似謙卑道，「見到您，是我的榮幸。」他說著，拉開身後的一道暗門，露出一個密道，「上將正在等您，請隨我來。」

這竟然是一條通往有王耀宅邸的密道！

肯定不是新建的，而是早就存在。奧茲家族，竟然早就和有王耀暗中來往！

「您知道，無論是上將還是我，在我們各自掌管的世界，有些事都不方便自己親自做。」蘭斯洛特有些調皮地對有奕巳眨了眨眼，「這時，難免需要借助一下另一方的力量。」他觀察著有奕巳的表情，看他是否露出不滿。

有奕巳微笑，「就像我們現在這樣嗎？」

蘭斯洛特頓住，半晌失笑，「您真是個有趣的人。請跟我來吧，我想上將已經等急了。」

兩人將這件事一筆揭過，走進密道，在黑暗的世界中穿行。沒過多久，有奕巳感覺到兩人上了一段臺階，似乎來到了一座地下室。蘭斯洛特上前打開地下室的門，出現在兩人面前的，是一座宅邸的倉庫。

「請往這邊走。」他輕車熟路地在宅邸內領路，毫不介意地暴露自己與有王耀的密切關係，「監視上將宅邸的人馬，都被引開，我們有一個小時的時間。」

最後來到一間書房前，蘭斯洛特才停了下來，對有奕巳微笑道：「他就在裡面等您。」

「謝謝。」有奕巳走上前，正要推開門，卻停了下來，「奧茲閣下。」

「嗯？」

「如果不是發自內心地尊敬的話，可以不用勉強自己對我使用敬稱。」有奕巳微笑道，「我並不打算做一個蒙蔭祖先，來強迫別人對我尊敬的紈褲子弟。」

蘭斯洛特微微挑起眼角，看見這個還不滿十八歲的年輕人推開門，進了書房。

「真是個有趣的小傢伙。」

有奕巳進了門，才發現這間書房比他想像中要大很多，甚至不能一眼望到底。一排排的木制書架，將書房隔為好幾層，上面整齊地擺放著眾多絕版的古書。而在正對房門的地方，則掛著一排畫像。有中年人，有年輕人，無一例外地，是他們都有一雙彷彿看透世間的黑色眼睛。

這是每一代「萬星」的肖像。有奕巳走上前，一一仔細觀察，畫像的下方寫著這些人的姓名和生卒日。

有容良，第七代家主，共和國曆一八九至二三七年。

有秉乙，第十一代家主，共和國曆三三七至三七九年。

有堯綺，第二十七代家主，共和國曆一二七九至一三一〇年。

有奕巳心裡有些悵然，有家歷代家主，竟然幾乎都是英年早逝，很少有活過四十歲的。走到最後一幅肖像前，有奕巳愣住了。

有卯兵，第三十七代家主，共和國曆一五三〇至一五五七年。

肖像到這裡戛然而止，然而，讓有奕巳停下來的不僅是因為這是最後一幅肖像畫，而是因為畫上的這個人，長得和自己竟然有七分相似。

那眉眼，那嘴角，甚至是看人時從下往上微微挑起的弧度，都一模一樣。

怎麼這麼像！有奕巳錯愕。

「你的父親，長得和他更像，相似到簡直就是同個人。」

一個聲音從書架後面傳來，有奕巳抬頭望去，看到那個高大的身影一步步走來。

有王耀站在他身後，沒有看有奕巳，目光複雜地看向那幅畫。

「當年他看到這幅畫，在這裡待了整整一個下午。那時候我問他，他和我說，和某位殉身沙場的倒楣祖先太過相似，可不是一件好事。」有王耀，「我揍了他。後來我恨不得揍我自己。」

這時候的有奕巳，還沒明白這句話意味著什麼。

「上將閣下。」

「不用這麼喊我，我現在已經不是什麼上將。」有王耀淡淡道。

有奕巳看著這個男人，和第一次在學校見到他時不同，有王耀此時沒了當年鋒芒外露的氣勢，整個人顯得有幾分低迷。他會這樣，是因為監禁的生活太過壓抑，還是因為有琰炙呢？

一想到就是這個男人將有琰炙送上了沒有歸路的戰場，有奕巳幾乎忍不住心中的惡意和揣測。然而，他終究按捺了下來。

「我有很多事想與您談一談，總不至於在這麼一個地方吧。」

有王耀終於回頭看了他一眼，那目光中，似乎有一絲憐憫。

他這什麼意思！有奕巳有些不悅，這種眼神讓他覺得自己被輕視了，彷彿還是當初那個一無是處的弱者。

「聽說你之前使用過萬星的力量。」有王耀突然開口問，「你還記得那是什麼感覺嗎？」

「是的。」有奕巳道，「那是在克制慕梵的時候，當我覺得自己的力量用盡時，突然感覺到從周圍源源不斷湧來的精神力。那不是人類的精神力，而更像是──」

「是星辰，是宇宙，這就是你們被稱作『萬星』的原因。但是這份力量，也不是每一個有家人都能擁有的。」

有奕巳聞言，這才注意到有王耀目光中的憐憫不是對著自己，而是借由自己看著不在此處的某人。沒等他仔細觀察這人眼神中的含義，有王耀已經轉身。

「我知道你要問我琰炙的事，跟我來。」

有奕巳跟在他身後。兩人走過了一排排的肖像，先人銳利的眼神彷彿在注視著他們，直到繞過拐角，離開這個區域時，那種被某人注視的感覺，依然無法消除。也許，這些早已經亡去的先人，正在用另一種方式關注著他們的後裔吧。

有奕巳突然想起以前地球上的一種說法，一個人死去後，靈魂會化作天際的一顆星辰。有家的人能使用星辰的力量，是不是因為先祖的庇佑呢？

這是一種太過浪漫的說法，就連有奕巳自己也是一笑了之。

然後，他才錯愕地發現，有王耀不知何時將他帶到了另一個房間。這是個小房間，卻擺滿了遠超負荷的物品，有照片，有玩具，甚至還有一個人從孩童到少年時期的所有塗鴉。這裡留下了太多屬於某個人的印跡，而房間桌上的茶水還冒著熱氣，可見剛才有王耀就是待在這裡。

「琰炙剛來的時候，只有這麼大。」前上將拿起一個古式的相框，那是一個嬰兒的照片。有琰炙的身體一直不好，照片上的嬰兒，明顯可以看出來這點。

「你父親突然將他帶來，留給我照顧，卻不說原因。」有王耀放下照片，拿起另一件事物。

「但是有什麼辦法？那時候有銘齊要應付太多人的注意，他不可能照顧一個嬰兒。從那以後，我就多了一個兒子。」

有琰炙竟然是父親帶過來的！有奕巳感到有些意外，卻又覺得在情理之中。

「當時我並不知道他的血統。既然你父親說要把他當作親生孩子照顧，我就以繼承人的標準要求他。他身體不好，我聘用專人照顧；他有出色的天賦，我就早早為他雇請名師。我教導他什麼是榮譽，什麼是使命；我告訴他萬星的興起與覆滅，讓他明白我們的職責。最後，我將他培養成一個合格的繼承人。」

有王耀語氣淡淡地道：「他才三歲，就已經擁有一般人永遠都不可能有的天賦和感悟。而在未來，他會比我更適合延續這個家族的使命。」

「可是他不應該繼承這些使命。」有奕巳壓低聲音道，「那根本不是他的職責，而是你們利用他的手段！」

有王耀沒有覺得惱怒，而是看向他，那和有奕巳一樣的黑色眼睛，平靜如水。

「你知道新人類聯盟一直在祕密進行人體實驗嗎？」

腦中突然閃過在新人類聯盟祕密基地看見的大量慕梵的複製體，有奕巳的呼吸窒了一瞬。

「他們從很久以前就開始進行這些實驗。身上具有外星血統的羅曼人，就是他們實驗的大本營。而除此之外，他們並不滿足，而是把目光投向了人類之外的智慧生物。比如，海裔。」有王耀道，「然後那一年，人類與海裔爆發了戰爭。萬星最後一任家主，和鯨鯊大王子一同被困於沉默之地。直到死亡，也沒有人從那裡走出半步。一個戰亡的鯨鯊，沒有人會關心他屍體的去向。而萬星家族神奇的血脈，同樣也是很有價值的研究對象。」

有奕巳的眼睛逐漸睜圓，「你是說，這是新人類聯盟的陰謀！他們為了獲得鯨鯊進行實驗，故意製造戰爭？」他不敢置信道，「一個組織，怎麼會有這樣的影響力！」

他隨即想到什麼，又連忙道：「那有琰炙是怎麼回事？如果他是慕焱的話，為什麼最後沒有落到新人類聯盟手裡，父親究竟是從哪裡找回了他，他為什麼模樣大變？」

有王耀沒有回答他的問題，只是繼續自己的話題。

「有銘齊在琰炙三歲生日那天告訴了我這些。然後他離開北辰，和你母親前往卡里蘭星系。他們再也沒有回來。」他說完這些，才像是完成了使命一般，終於抬頭看向有奕巳。

「是不是很荒謬？如果你是我，你會相信他說的這些話嗎？」

有奕巳沒有出聲，他覺得自己的疑惑不但沒有得到解答，反而變得更多。

「但是你把他派去了雷文要塞。」過了一會，他才沙啞地開口，「你知道沒人能守住那場戰役，除非有奇跡發生。而他做到了，但那不是奇跡，那是打開潘朵拉之盒的惡夢！」

有奕巳紅著眼眶道：「你，威斯康，我父親，甚至更多的人，早就開始懷疑他的身分。你們教育他忠於北辰，忠於萬星，把他塑造成一個合格的殉道者！卻沒有人告訴他，他所遵循的道路從一開始就是錯的！」

有王耀閉上了眼睛，睫毛微微顫抖。

「無論他之前是誰，是人類還是海裔。我撫養他，教育他，磨練他。他就只是有琰炙，守護北辰就是他的使命。」

有奕巳幾乎忍不住要一拳揍到這個人臉上，問他怎麼可以說出這樣冷酷的話。然而，他卻突然看見了眼前男人髮鬢間的白髮。他的背脊不知何時起竟然有些佝僂，他的身影再也沒有以往那樣無堅不摧。有壬耀看似無情的話，似乎也可以從另一個角度理解。

這是一個利用了慕焱的共和國上將，但同時，也是一個失去了兒子的父親。

有奕巳緩了口氣。

「新人類聯盟的人體實驗和有琰炙有關嗎？父親是從哪裡知道這些？」他甚至開始懷疑，有琰炙是不是就是那些人口中的零號實驗體。

「關於琰炙的身世，我知道的只有這些。」有壬耀搖了搖頭。

有奕巳仔細盯著他，知道這個男人沒有說謊。既然如此，他留在這裡也沒有意義了。他轉身離開。

「之後你準備怎麼做？軍部並沒有完全被打倒。」

有奕巳沒有停下腳步。

「我和你們不一樣。」他只留給有壬耀一個背影，「如果非要犧牲什麼才能守護北辰，我寧願那是我自己。但是，我絕不會讓事情走到那一步。」

會面臨犧牲和死亡的只會是他們的敵人，而不是任何一個他愛護的人。從回到北辰的那一刻，有奕巳就下定了決心。

有壬耀看著他離開的背影，握緊手中的照片。

「有銘齊。你的兒子，是真正的萬星血脈，和你一樣。……和你一樣。」

沒有人看見在說這句話時，從來流血不流淚的上將閣下竟然溼了眼眶。

「談話結束了？」

候在書房門口的蘭斯洛特看見他出來，離開斜倚著的牆壁站直。

有奕巳看了他一眼。

「看起來不如我想像的順利，你們吵架了嗎？」蘭斯洛特挑了挑眉，他此時已經不在有奕巳面前假裝恭敬，而是恢復了本性。

見有奕巳沒心情理他，這位掌握地下世界的主宰又自言自語道：「就在你進去的那一會，我剛收到了一些消息。莫迪突然出發前往中央星系，陣仗可不小，你說他這是要去做什麼？」

有奕巳沒理他。

蘭斯洛特不在意地笑了笑。

「當然，這只是個小插曲，重要的是另一個消息。我們那從來不安分的亞特蘭提斯王子殿下，回到帝國後又做了一件大事。你猜是什麼？」

有奕巳終於停下步伐，看著他。

「果然，你更關心這位鯨鯊王子。」蘭斯洛特聳了聳肩，沒有繼續賣乖，而是道，「他代皇帝通告全星際，正式承認羅曼人所占領星系的合法政權。也就是說，這位殿下，幫助羅曼人從共和國獨立了。」

第五十一章　北辰之星（二）

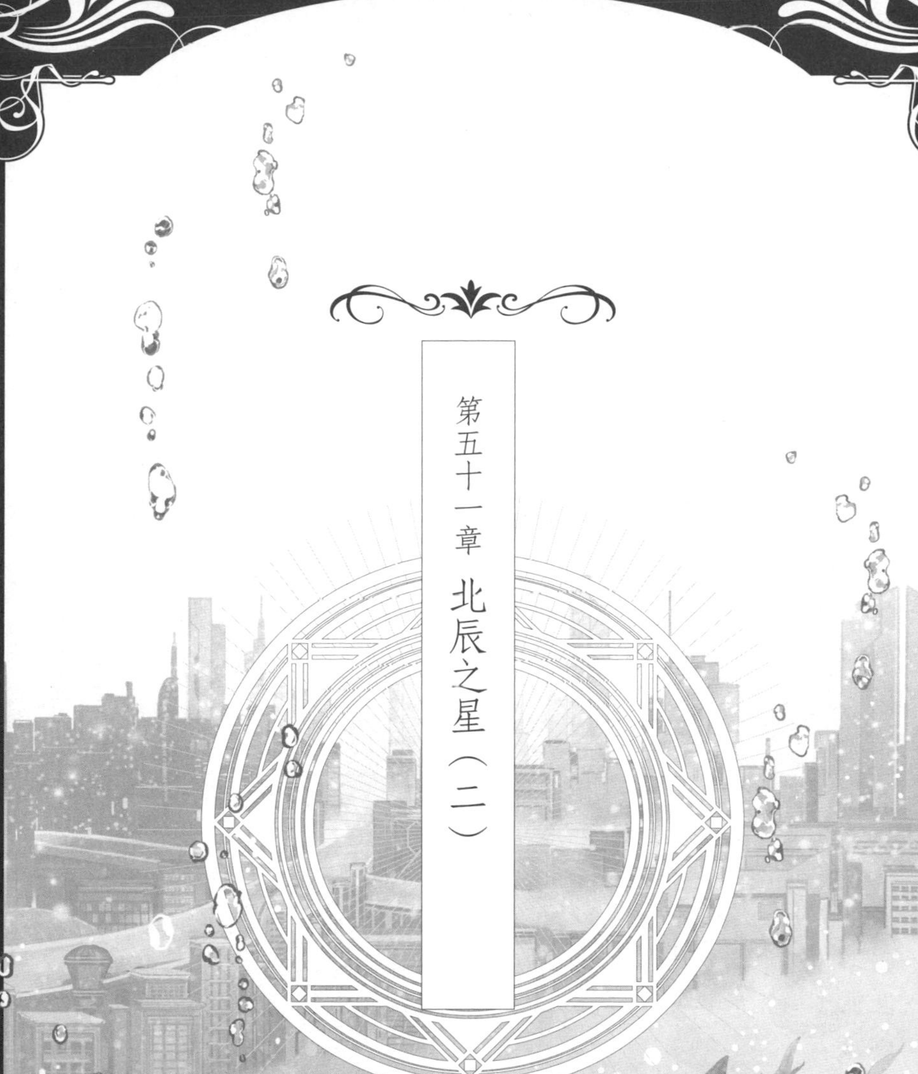

CHIEF PROSECUTOR OF THE GALAXY

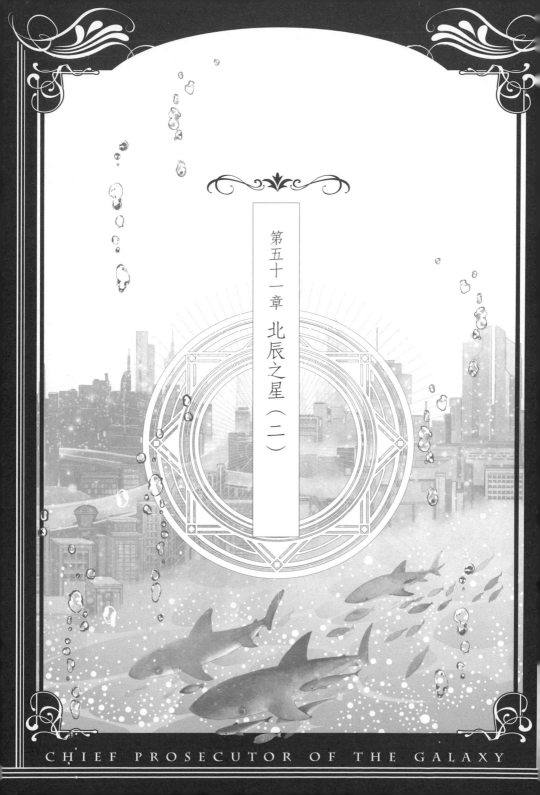

軍部首席長官惱怒地摔下手中的物品。

「你說什麼！」

在他身前，副官低頭躲過拋擲的雜物，面色不變道：「帝國二王子慕梵，宣布正式承認羅曼人的合法政權。不久之前，外交部已經收到對方的官方通函。」

「承認那些雜種的政權，不就是把我們共和國的臉面往地上砸嗎?!」首席長官的臉色陰沉，「他想破壞兩國的和平條約，干涉我國內政？」

「通函上說，既然羅曼人已經被我國劃定為叛民，就不再是內政問題，而是一個民族追求獨立的合理要求。」副官的聲音依舊不見起伏，比起惱怒的長官，他更像個機器人。

首席長官氣得在屋子裡繞圈踱步，「合理要求，合理要求!哼，最近增派過去的幾支艦隊是怎麼回事?區區幾十萬羅曼人，為什麼到現在都攻不下來!」

「戰鬥區域離主星系太遙遠，我方艦隊的補給受到制約，戰力無法及時補充，更何況羅曼人也有不少幫手。」

「其他星系的援兵呢？」

「諾蘭星系、維塔星系，還有幾大世家，都拒絕了我們的增兵要求。」像是怕長官又要惱怒，副官補了一句，「他們的理由是要加強自身戒備，以免被『不明武裝』攻其不備，落得和雷文要塞同樣的下場。」

聽到這句話，軍部首席長官的臉色一陣青白。當初他們軍部以什麼理由拒絕援兵雷文要塞，現在這些星系的武裝就以其人之道還治其人之身，打臉打得毫不留情。可偏偏軍部在這件事上理虧，也不能指責什麼。

有些疲憊地揉了揉太陽穴，首席長官不由得想著，當初那麼心急地對北辰星系下手，是不是做得太明顯了呢？否則，如今的軍部不至於遭到各大星系如此孤立。畢竟，沒有人想成為第二個北辰。

「……貝斯坦那邊的情況，怎麼樣了？」他沙啞著聲音問，「看緊他的嘴，不要讓他供出更多人。」

「關於這件事。」副官說，「北辰軍校的莫迪今天剛剛抵達中央星系。」

「他來做什麼？」軍部首席長官眼皮一跳，心裡有不好的預感。

果然，下一秒，他就聽見自己這個木偶一般的副官，開口說出令人震驚的最新情況。

「莫迪攜帶兩位證人前往最高法院，提交訴狀，指控軍部誣陷北辰第三艦隊、聯合外敵攻打雷文要塞、通謀暗害有琰炙等罪名。此時，起訴狀已經送到首席大法官們手中。」一句接一句，說出的都是震動整個共和國的消息，說話的人似乎無動於衷，聽的人則臉色越來越難看。

啪啦一聲，軍部長官摔碎了桌上的飾物，再也維持不了鎮定。

「北辰，北辰！」他的眼眶通紅，咬牙切齒，「他們這是要挖我的肉，抽我的血啊！」

「哈哈，小奕！你這一招真是太狠了！」

北辰軍校，有奕巳住宅的公共休息室內，好不容易聚齊的一群人，正分享著剛剛得到的好消息。

「沒有人比莫迪教授更適合去做得罪人的事情！他的名望高，做事不留情面，誰在他那裡都討不了好。」沈彥文拍掌大笑，眉間全是快意。

齊修卻有幾分顧慮，「這樣徹底和軍部撕破臉，如果指控不成功，會遭受重創的反而是我們。」

畢竟，這可是控訴一國軍部，和指控軍部的一個副部長，還是有天壤之別的。前者是國家部門，暴力機器，它代表著共和國的門面與權威。有奕巳讓莫迪教授出這一招，算是徹底和中央星系決裂了。

然而，既然做出這個決定，他就沒有想過後退。

「這次的人證不僅有我們俘虜的新人類聯盟高層，還有西里硫斯交給我的那個輻射變異人。」有奕巳說。

「是叫騰白的、在瑪律斯星球上坑了我們一把的那個傢伙？」沈彥文問。

有奕巳點點頭，「在抓捕他之後，西里硫斯做了幾次實驗，發現了一些有趣的東西。那個少年身上有輻射的痕跡，但體內更多的是一種催發變異的人造激素。這種激素能改變人類的基因構成，某種程度上可以延長壽命、強化力量，和亞特蘭提斯的神石有類似的功效。」

「臥槽，這麼神奇！」沈彥文張大嘴，「但是我看那個騰白也沒那麼厲害啊！」

「因為他接種的是不完全體，副作用很大。重點不是騰白，而是這種激素的存在。」

有奕巳摩挲了一下手指，輕笑道，「根據收集到的情報，近幾年來，軍部有不少高層官員連連突破異能等級，提升為乾階的異能者。而這些突破者的共同特徵是，他們外貌看起來都年輕了不少。西里硫斯調查過其中一人的基因圖譜，發現他體內有類似的激素。」

有奕巳說完這句話，整個公共休息室的人都沉默了下來。克利斯蒂臉色難看地皺起了眉，沃倫像是早有所料，一臉見怪不怪。

齊修冷哼，「所以，這才是軍部高層不斷和新人類聯盟勾結的原因。」

一個能夠幫助自己提升實力，延長壽命的盟友，誰會不想要？

「黑市上有出售類似的藥物，價格十分昂貴。即便是這樣，也有不少人趨之若鶩。」一直坐在角落的某個人開口了，「不過我可不認為那群傢伙會這麼好心。這種激素，肯定有不為人知的副作用。」

所有人齊齊轉頭看向說話的人，蘭斯洛特坐在角落，揚起笑臉，友好地對他們揮了揮手。

沈彥文板著臉，「為什麼這個傢伙會在這裡？」

「不要在意我，我只是靜靜地坐在這裡聽你們討論。」蘭斯洛特正色道，「請把我當作壁花就好。」

哪有你這麼大隻，又這麼欠扁的壁花啊！

有奕巳也十分無奈，自從與有王耀談話結束後，這位蘭斯洛特．奧茲就一直跟在他身邊。現在他這間屋子裡，除了被他派出去執行任務的衛瑛，北辰七將倒是湊得差不多了。

齊修、沈彥文、克利斯蒂師兄、衛瑛、養父謝長流，還有這個蘭斯洛特。說起來，百年前的北辰七將，他竟然已經聚齊了六家。除了最神祕的一個家族至今沒有蹤影，他都幾乎快恢復當年的規模了。

集齊七個能做什麼？有奕巳想，召喚神龍嗎？

克利斯蒂開口道：「先不論莫迪教授那邊的進展，楊卓早上傳訊給我，說慕梵已經正式派使者去跟他們交涉，正在商談建交等事宜。帝國走這一步，究竟想做什麼？」

坐在角落的蘭斯洛特充滿興味地豎起了耳朵。

有奕巳無奈道：「軍部現在幾乎沒有能力約束羅曼人的獨立運動，羅曼星系脫離共和國是遲早的事。帝國這舉動，幾乎是不費吹灰之力就賣了他們一個人情，反而是賺了。」

當然，帝國內部與新人類聯盟勾結的那一派，對此肯定不是樂見其成。慕梵這幾天一直沒有消息，想來也是忙於應付國內的矛盾吧。

不過，其實有奕巳也是想不通，慕梵為何會選擇這個時候承認羅曼人的政權。如果再等幾個月，等楊卓他們徹底占了上風，他也不會像現在這樣面對如此多的阻力。慕梵選在這個時候公布，簡直就像是故意給有奕巳送餡餅，打軍部一個猝不及防，好讓他們沒有更多的精力應付……等等，不會是自己想的那樣吧？

有奕巳一愣，慕梵冒這麼大風險，難道是在給自己做嫁衣？不，不可能，他是一國王儲，總不能如此感情用事。陷入自己思緒的有奕巳沒有注意到，伊索爾德看著他，幾次欲言又止，但最後還是什麼都沒有說。

事實上，伊索爾德通過國內的情報知道，慕梵現在的處境，其實並不算好。

「殿下，元老院那邊今天又遞上了一份對您的彈劾！」梅德利忙著擦去額頭上的汗水，「這已經是第十份了。」

「才第十份？」慕梵揮手，讓接了命令的一名軍官退下，「我以為他們已經等不及要剝奪我的王儲資格。」

「如果您繼續這麼行事下去的話，這也是遲早的事。」梅德利有些抱怨，「我就不知道您這麼激進是為了什麼？有些人未必就領你的情。」

「我不是為了讓誰領情，梅德利，是因為我想，我才這麼做。」慕梵下意識地掏出通訊器，看著上面顯示的一片未接通話，卻沒有他心中想等的那個號碼。他心裡有些不快，調出一張照片，狠狠戳了兩下照片上人的臉頰。

「這麼長時間不聯繫，也不關心我，沒良心的。」

遙遠的彼方，有奕巳突然打了一個噴嚏。

算了。慕梵收起通訊器，等自己忙完這些事，就算那個狡猾的傢伙想繼續裝傻，自己也不會再給他機會。

他站起身，披上出席正式場合的披風長袍，右手拿起佩劍，置於腰間。

「我去一趟王宮。」

他這麼說，好像一會等待他的不是勾心鬥角的修羅場，只是出去吃頓午餐、兜個風。

書記官深深低下頭，恭送他離開。

「願您一路順風，殿下。」

慕梵，亞特蘭提斯帝國王儲，實力強大的純種鯨鯊，雄性，未婚。

作為亞特蘭提斯帝國碩果僅存的青壯年鯨鯊，與他常年神龍見首不見尾的叔父不同，慕梵人生的前二百年幾乎都沒有離開過帝都星。

而二百年之後的二十年，他又在帝國各地四處遊蕩。因此，無論是在帝都人民還是全國海裔的心中，這位殿下的名聲和威望，甚至比他的父親——現任皇帝陛下還要高出一籌。

當然，與慕梵的威名同樣顯赫的，還有他古怪的脾氣。在面對外人時，優秀的涵養讓他可以隨時笑臉待人，但這僅限於一般情況。如果某人不幸被他劃到敵人或不友好對象的範圍，就會受到他毫不留情的打擊。

兩年前，慕梵之所以離開帝國前往北辰軍校，也和他的怪脾氣不無關係。因為一言不合，他打傷了星鯨家族的嫡次子，差點讓這位貴公子一命嗚呼。為了安撫帝國重臣，同時也是僅次於王室的大世家——海因里希家族，陛下不得已才讓慕梵暫時外出避人耳目。

然而現在，這個禍害又回來了。一年前，慕梵就回來過一次，只待了一個月，卻做出了開放邊境收容羅曼叛軍這樣的事，已經足以令人瞠目結舌。

而現在這傢伙變本加厲，一副準備大動干戈，徹底動搖帝國陳朽的權力基底的模樣！

那群老貴族和既得利益者，哪會這麼容易讓他得逞。這幾天，進出宮廷的人格外多，其中百分之九十都是為了彈劾慕梵而來。

現任陛下性格溫和，從來不為難各大世家，因此這些老貴族也十分不明白，陛下這是哪根筋接錯了，竟然允許慕梵這麼胡鬧！

「陛下，做出這個決定，可是徹底與共和國鬧翻啊。」一名白髮蒼蒼的老貴族道，「兩百多年前，我們簽訂了和平停戰條約，自此不干涉共和國內務。殿下此舉完全是想引起爭端，再掀戰火啊！」

「是啊，是啊，正是如此。」

「這樣輕舉妄為，我們與共和國難得修復好的關係又要出現裂痕。現在兩國關係如此緊密，這可是傷筋動骨的事。」

一群人附和著，但是也有聰明人從另一個角度來陳述自己的觀點。

「慕梵殿下年輕氣盛，想要有所作為，也不是不可以理解。」一個身材高大的男子出聲。

他有著一雙深藍色眼睛，臉上點綴著星辰一般的紋路，而張嘴說話時露出的尖銳牙齒，也顯示著他高貴的血統——星鯊家族，僅次於鯨鯊的另一支海裔霸主。他們與星鯨家族一樣，血脈與鯨鯊最相似，甚至能力也不遑多讓。

只聽見這個男人道：「無論是前陣子監禁幾大世家，還是這幾次的決定，殿下都專斷獨行，並沒有明確地告訴我們理由。即便明白殿下是一片拳拳之心，想為陛下您分憂解難。但是這樣獨裁專制，並不能服人心。」男人意有所指，「能夠明白殿下的苦心還好，就怕一些人不理解殿下，因此起了異心……那可就麻煩了。」

此人三言兩語，看似偏袒慕梵，其實卻將慕梵說成了一個專斷獨裁的暴君，還隱約提起會有人起二心叛逆，這不知該說是善意的警告，還是惡意的威嚇。

星鯊家族掌握帝國三分之一的艦隊與軍權，真要叛逆，他們也不是沒有這個能力。男人沒有把威脅放到明面上，但是也明確提出了自己的不滿。

軟刀子割肉，可比快刀更痛。

「如果有人想背叛帝國，就讓他們放馬過來。」

偏偏此時，有人不解風情地走進大廳。他腳下生風，走路時帶起背後的披風，顯得氣勢逼人。一雙淩厲的眼眸，從在場心思各異的人臉上掃過，讓不少人都心虛地垂下眼。一直走到王座之下，慕梵才停下腳步，單膝跪地，躬身行禮。

「見過父王！」

在王座上坐著，一直聽臣下們七嘴八舌，似乎絲毫沒有存在感的亞特蘭提斯皇帝，這時才睜開他渾濁的雙眼，看著自己的兒子，眼中閃過與他溫和懦弱外表絕不相符的精芒。

「右將軍對你似乎有些看法，你可有話要辯解？」

慕梵抬起頭，轉身看向出身星鯊家族的右將軍。

「就像我之前所說，心有異心的人，遲早都會背叛。我沒必要為了安撫這些人的心思，放任帝國繼續走向絕路。而阻礙改革，想要讓帝國和他一同腐朽的人，無論是誰，我也必定將他清除。」

「絕路?腐朽?慕梵殿下似乎太不將我們放在眼裡了!這幾年,帝國蒸蒸日上,又是太平盛世,怎麼不是我們的功勞?怎麼能說是絕路?」

慕梵帶起一抹譏諷,道:「和平?如果沒記錯的話,那是犧牲王兄的性命換來的,和你們有關嗎?盛世?這幾年,帝國的新生兒能變形的越來越少,即使可以變形,能使用海裔力量的卻也寥寥無幾。就連各位,恐怕能力也是一年不如一年。」他臉色一變,「我們海裔停止進化已經近千年了!自從丟失了神石,誰能說,這個帝國不是正在走向末路?偏偏有些人不僅不居安思危,只知道勾心鬥角爭名奪利。難道帝國不是腐朽在你們手中!」

「你!」

在場很多人臉色慘白,沒想到慕梵說話會如此不留情面。而很顯然,鯨鯊王子並不打算就此結束。

「以帝國這個局面,心懷異心的人,恐怕早就想另謀他路。父王,我監禁海因里希幾大家族,並不是出於私怨,而是發現他們暗中與新人類聯盟相勾結。新人類聯盟野心勃勃,之前我失蹤正是為他們所控。據我所知,這個組織的野心不僅於此。」慕梵道,「我承認羅曼人的地位,也是為了防備他們。這件事,既然做了,就沒有回頭路。」

「陛下,慕梵殿下空口無憑,實在難以令人信服啊!」

「殿下口口聲聲說不是為了私心,可前陣子被你打傷的海因里希次子,還躺在床上不能起身呢!」

「慕梵殿下心氣傲慢,又獨斷專行、擾亂國政,已經不適合繼承王位……」

慕梵看著那些人，只是冷冷一笑，並不說話。

坐在王座上的皇帝陛下一直瞇著眼，聽他們說了一大堆慕梵的壞話，許久，才緩緩舉起手，示意眾人安靜。吵鬧的老貴族們閉了嘴，期待地看著這位陛下。在他們心中，這位王座的主人向來是好說話的，脾氣軟得都不像是鯨鯊。這一次，肯定也會聽從他們的建議，哪怕不剝奪慕梵的王儲之位，也會迫於眾人的壓力稍稍施壓。

然而，皇帝只說了一句話。

「命二王子代掌全軍，一切事宜，由其全權處置。」

慕梵勾起嘴角。

而其他人，都像是幻聽一樣，不敢相信自己的耳朵。

「陛下！」

「陛下慎重啊！」

「全軍統轄如此重要，怎麼可以輕易交予他人！」

老皇帝冷哼一聲，看向說出那句話的人，「慕梵是王儲。軍權不交給他，還能給你不成？」

那人被瞪得冷汗直冒，不敢出聲了。

「如果你們還記得，建立和統領這個帝國的是鯨鯊的話，就不必再多嘴。」丟下這句狠話，皇帝陛下就下令解散會議，率先離開。

在場很多人看著那個背影，這才想起來，這位陛下在年輕的時候可也是雷厲風行、叱吒一方的人啊。他畢竟是鯨鯊，骨子裡的狠厲不會因歲月流逝而磨滅，只是越藏越深而已。

慕梵看著這群被澆熄氣焰的權貴，淡淡一笑：「軍權交接還有些手續需要處理，各位，先告辭了。」

其餘眾人看著他離去的筆挺身影，眼底都帶著複雜，有恐懼、有後怕，還有陰狠。

等慕梵真正掌權，以他的性子，他們這些人還有路可活嗎？

很快，幾個人悄悄交換眼神暗示，隨即緊跟在慕梵身後離開。王宮內禁止無關人員進入，就連慕梵進宮時都不能攜帶侍衛。而他剛剛大病痊癒，從新人類聯盟手中逃脫一命，身體和實力應該還沒有完全恢復。是以，很多人認為這是最佳時機——刺殺的最佳時機。

右將軍看見了那些人的小動作，心裡有些不屑，但也不會去制止。他雖然不認為慕梵真的會倒在這些人手裡，但如果真有人走運撿了便宜，他也是樂見其成的。因此，他只是往那個方向看了一眼，便獨自離開。

可是，任誰也沒有想到，再聽到慕梵的消息時，竟然會是這樣的局面。

帝國幾大貴族勾結外敵刺殺王儲！被當場抓獲，慕梵連夜拷問，得出的情報是新人類聯盟賊心不死，把手伸進帝國高層！

陛下震怒，命令徹查。

慕梵領命，開始清查所有海裔貴族與外界的聯繫。

同時，接管軍權後，他做的第一個決定竟是——正式將新人類聯盟列為敵方，對其宣戰！

誰都沒有想到，利用一場無疾而終的刺殺，慕梵會掀起這麼大的波濤。右將軍此時才發現，這個狡猾的鯨鯊王子根本是將計就計。他故意表現得跋扈，激怒那些舊貴族，就是等著人家殺上門，讓他抓住把柄！

至於什麼口供，什麼謀逆，人都在他手裡了，隨便屈打成招幾個還不會嗎！

慕梵的目的只有一個，找個理由對新人類聯盟開戰。他要將這個組織，徹底斬草除根。平靜了幾個世紀的星際，再次燃起戰火烽煙。

相比起風雲動盪的亞特蘭提斯帝國，在遙遠的星際另一端，共和國的人民卻在為另一則消息震驚——共和國軍部，上上下下幾十位高層官員，一夕之間全被收押監禁！

那可是軍部，是共和國的棟梁、國之利器！不明白內情的人都慌了陣腳，猜測難道這又是一場政變？而無論是帝國還是共和國，引起騷亂的兩名罪魁禍首——慕梵和有奕巳，此時卻無暇顧及自己引起的騷動。

他們正在視訊。

慕梵首先忍不住寂寞，主動聯繫。兩人面面相覷，有奕巳有些尷尬，他想起上次的不歡而散，一時不知該說些什麼。

「我受傷了。」還是慕梵先開的口，他故意晃著被刺的傷口，「加上國內還有一堆事務，最近不能去找你。」

有奕巳眨了眨眼，說了兩個字。

「好吧。」

慕梵：「……」

鯨鯊王子此時想，刺殺他的那些人應該去委託有奕巳才對。這個人只是隨便一句話，就比淩遲了自己還難受。難道這是萬星家族特殊的精神攻擊？

有奕巳可不知道慕梵此時的內心小劇場，他談起正事。

「琰炙師兄已經失蹤一個月了。西里硫斯傳來的消息是，讓我們儘快找到神石。」他說，「等楊卓他們完全掌控了局面、我這邊對軍部的整治告一段落，你就可以主動向議長提及這件事。」

到那時，中央星系內憂外患，恐怕沒有更多的心力應付慕梵的追問了。

慕梵點了點頭，「說起這件事，關於上次的那個神祕人，我有了一些線索。」

有奕巳眼睛一亮。

「目前的情報只知道，他的名字是艾因，之前一直是實驗基地的第二負責人。」慕梵說，「在我被控制的那段時期，大多是那個女人和我接觸，他出現得很少。但是我有一種感覺，比起明面上的負責人，這個叫艾因的傢伙才是真正掌控基地的人。」

「看來他藏得很深。」

慕梵點頭，「最後去見哥哥的人，就是這個艾因。」他的眼神犀利，「他可能是我們認識的人，可他究竟是誰？」

艾因究竟是誰？

這是艾爾溫．哈默一段時間以來，一直想弄清楚的問題。

他是新人類聯盟派來的中間人，是一個高級異能者，是他的合作伙伴。但除此之外，他對這個男人一無所知。他不知道艾因的長相，不知道他的興趣，甚至都不能肯定他究竟是不是人類。

沒錯，從第一次見到艾因起，艾爾溫．哈默就不相信這個看起來不過二十多歲的男性會是個普通人類。

「你的酒杯已經空了。」

坐在對面的艾因晃了晃自己的高腳杯，提醒他。

「空無一物的杯盞，就像沒有靈魂的軀殼，只能顯示你的心不在焉。」

艾爾溫．哈默抬頭看了他一眼，「形勢落到這個地步，我不可能還像你一樣鎮定。新人類聯盟完全被打成反人類組織，軍部已經被拉下水。如果被人發現哈默家族也與你們有聯繫，整個家族都會面臨意想不到的困境。」

艾因不在意他的嘲諷，道：「聽說你還有一個弟弟，他站在萬星那一邊。至少你不用擔心你們家族全軍覆滅。」

「可是那樣保留住的就不是我想要的家族，而是屬於他的家族。」艾爾溫冷淡道，「真到那一天，別指望他對我手下留情。」

「你們的兄弟情誼真寡淡，因為不是同一個母親嗎？」

「他是父親第二任妻子的孩子，而現在的哈默家的主母，是我父親的第三任妻子。只要都是合法夫妻的婚生子，他就是我的親兄弟。」

「奇怪的規矩。」艾因輕笑一聲，「明明對於人類來說，流著同一血脈的都是親人，卻總要自相殘殺。」

艾爾溫挑眉看他，「這就是大家族的煩惱。如果我像你一樣是獨生子的話，也不會有這樣的困擾。」

艾因笑著，搖了搖手指，沒有承認他的話，卻也沒有否定。艾爾溫發現自己一直看不透這個男人，他明明如此年輕，有時卻散發著比他祖父還要陳朽的氣息。有時候與艾因面對面交流，你會覺得自己不是在和一個人說話，而是在面對一片深而無淵的宇宙。

「我需要看到你們的誠意。」艾爾溫壓低聲音，「軍部算是廢了，事情發展到現在這個地步，我不能任由局面繼續對我不利下去。如果你們還有什麼底牌，儘早亮出來。別小看亞特蘭提斯人和萬星的能力。」

「沒有人告訴你嗎?當局勢對我們不利的時候，以不變應萬變。」

「但也不是坐著等死！」

艾因看到這個年輕人是真的著急，這才漫不經心地放下酒杯。

「首領的命令是，等他們拿到神石再進行下一步動作。」

艾爾溫呼吸一窒，「首領?新人類聯盟的首領？」

他和這個組織合作這麼久，從沒聽他們提起過有這樣一個領袖級的人物。艾爾溫甚至一度以為這是個共治的組織，根本沒有最高領導者。然而，艾因此時卻揭露了新人類聯盟神祕面紗的一角。

「是的，首領。」艾因微笑道，「難不成你以為，我會是新人類聯盟的最高層之一？」

艾爾溫沒說話，事實上他之前就是這麼認為的。誰能控制得了艾因這樣的人物呢？

坐在他對面的男人見狀，忍不住低笑出聲：「哈哈哈，很遺憾，在這位首領看來，我不過是顆棋子，只是特別好用一點。」

「你們的目的是什麼？」艾爾溫覺得自己在被這些人當猴子耍，有些惱怒了。

艾因微微一笑，「如果你問的是新人類聯盟，那個目的你早就知道了，不是嗎？如果你問的是我個人，恐怕你會覺得無趣。就像我，有時候也會覺得這個世界很無趣一樣。」

他嘴角的笑意漸漸抹平，面具覆蓋下的臉部輪廓露出格外冷漠的氣息。艾爾溫愣了一下，有那麼一瞬間，他覺得這個男人有些眼熟。因為什麼呢？他的那雙黑色眼睛嗎？

有奕巳掛斷和慕梵的通訊，有些疲憊地揉了揉太陽穴。

通話的前二十分鐘，兩人還算是在聊正事，可接下來的時間，有奕巳自己都不知道自己在說些什麼。在大部分情況下，慕梵都是個很理智也有很手腕的人。但是從他至今還保留著自己的幼態體，時不時會變成一隻小燈泡這點就可以看出來，無論是多麼強大的雄性，內心都有幼稚的一面。

有奕巳深切體會到了這點。

在聊完有琰炙的事情後，慕梵說：「我的手受傷了，最近不能去看你。」
有奕巳：「這話你已經說過一遍了。」
慕梵：「……帝國剛剛對新人類聯盟宣戰。」
有奕巳一愣，他確實還不知道這個消息。
慕梵：「我可能會去前線。先拔掉新人類聯盟的幾個據點，他們就沒有精力在你應付軍部的時候干擾你們了。」
有奕巳：「……謝謝。」
慕梵：「我的手受傷了，我還要去前線。」
這一刻，有奕巳瞬間福至心靈，「也許你可以——」
慕梵豎起耳朵，那對尖耳一顫一顫的。
「——可以把傷養好再去前線。我相信以帝國的軍力，不會因為你暫時不在，就無法對付新人類聯盟。」
「……」
慕梵掛斷了通訊。
面對漆黑的畫面，有奕巳莫名有些心虛。他摸了摸自己的鼻子，突然想到在沈風星球時外婆說的那句話。
即便那個壞精靈總是欺負你，長得比你還好看，家世複雜，麻煩也多。只要他是真心對你的，都不需要計較。

有奕巳在心裡對外祖母道：可這隻「精靈」不是想欺負我，他剛才的表情，簡直就像想吃了我。

不得不說，有奕巳在某方面領悟到了真相。

由於受到慕梵帶來的壓力，有奕巳決定踏出宿舍透口氣。北辰軍校現在已經全面由學生接管，改革派和中央的人，哪怕一根針都插不進來。其他人都為此忙碌著，就連沈彥文也抽空回家與父親會談。因此，哪怕是克利斯蒂，此時都沒有時間陪著他出門。

感覺自己最閒的有奕巳，逛著逛著，就逛到了學校一處偏僻的林地。有奕巳微微一愣，撥開倒垂的樹葉，往樹林深處走。隨著樹葉越來越茂密，光線逐漸暗淡，出現在他眼前的——是一座石碑。

很少有人知道，這片樹林裡還有一座墳墓。但是對於有奕巳來說，他永遠不會忘記自己親手豎起來的這塊碑。

他蹲下身，擦去墓碑上的塵土。因為沒有親人，沒有故鄉，墳墓裡的人甚至不能擁有一塊屬於自己的正式墓地，只能草草埋葬在這裡。而他的名字，也只會逐漸被世人遺忘。

——許多多，一名優秀的星法學院學生。

墓碑上的字也是有奕巳親手刻上去的。此時再度看到這行字，他甚至能回想起初次見面時，少年在他面前流利地背誦星法典的模樣。

他還那麼年輕，離開的時候都不滿十六歲。有奕巳握緊石碑的手被粗糙的石面劃破，他卻感覺不到痛。或者說，此時肉體的疼痛，完全不及他紊亂激動的情緒之萬一。

有奕巳不會忘記，這是為他消逝的第一個生命。

正是從那一天開始，他發誓，永遠不會讓他守護的任何人在自己面前死去。

「誰在那！」

墓碑上的落葉還沒有被摘盡，站在墓前的人突然低喝轉身，戒備地看向樹林入口處。

一個年輕男人出現在他的視野裡，他藍色的長髮在樹蔭下襯托得宛如純黑，連帶著他的表情也隱藏在這抹陰影中。

蘭斯洛特．奧茲，這個男人不知什麼時候跟在有奕巳身後，直到有奕巳從情緒中抽回神智，才注意到他的存在。

「我知道這個人是誰。」蘭斯洛特故意用漫不經心地語調道，「許多多，你的同屆學生，因為被人利用陷害你，為庇護你而自殺。真是偉大的犧牲，不是嗎？」

有奕巳看向他，目光冷凝成一道鋒芒，「我允許你不尊敬我，可沒允許你不尊敬死者。」

蘭斯洛特絲毫不在意，輕笑道：「是嗎？看來比起自己，我們的『萬星』大人更在乎自己身邊的人。真是偉大的利他主義者，崇高的犧牲精神。」

這個人是在故意激怒自己，有奕巳想，他不能上了這傢伙的當。

蘭斯洛特．奧茲，一個狡猾的機會主義者，自從兩人在上將軍府邸攤牌後，他就一直以這樣曖昧的態度待在有奕巳身邊。身為萬星七將、奧茲家族的現任掌權者，這位地下世界的帝王看來不準備像其他家族那樣，將忠誠交付給有奕巳。

蘭斯洛特也曾直言：「就算奧茲家族曾經是萬星的走狗，時過境遷，哪怕再忠誠的狗，也會有私心的。」

現在，這個有私心的男人，頂著有奕巳冰冷的目光，一步步走到墓碑前。他低頭，看著這簡陋的墓地，眼中有嘲諷，也有憐憫。

「他只是第一個，卻絕對不會是最後一個。」蘭斯洛特開口，「你現在打算做的事，會讓周圍的人面臨更多的危險。即便如此，我猜你也不會放棄。」

「我會保護他們。」有奕巳說。

「保護？你覺得，在真的發生意外的時候，他們會讓你擋在自己面前？」蘭斯洛特微微譏嘲道，「作為主將，你只要安分地站在最後方，等著他們衝鋒陷陣就可以了。想必對於那些人而言，為你而死也是一種榮譽。比如那位曾經的天才，『偽星』家族的……」

「聽著！」有奕巳走上前，一把抓起這個男人的衣領──他這幾個月飛速躥高的身高，讓他現在做這件事並沒有什麼難度──他壓低聲音道：「如果你再以任何方式詆毀他們，就滾出這裡，別再出現在我面前！」

「……」蘭斯洛特定定看了他一會，舉起雙手，「失禮了。我還以為，對於任何領袖來說，誇讚他們屬下的忠誠和犧牲，會是一種稱讚。」

「他們是我的伙伴，不是屬下。」有奕巳鬆開手，打量著這個男人的神色，後退一步，「而那種以別人的犧牲為榮耀的領袖，根本連狗屁都不是！」他激動之下，已經顧不得言語是否粗俗。

這一次，蘭斯洛特笑了笑，倒是沒有反駁他。

「看來你是真的不想讓別人為你犧牲。」他輕輕歎了口氣，「但是如果有一天，克利斯蒂·阿克蘭、齊修、沈彥文、衛瑛這些人，為了守護你而不得不死在你眼前，你又會怎樣呢？」

「我不會讓那種情況發生的！」有奕巳握拳，賭咒一般道。

「希望如此。」蘭斯洛特深深看了他一眼，退到樹蔭下，「希望你不會像你的父親一樣，做出讓自己後悔的決定。」

有奕巳心中一驚，猛地抬頭，可哪裡還有蘭斯洛特的影子，這個男人就像出現時那樣，悄聲無息地消失了。

然而他的話，卻在有奕巳心裡留下了不能磨滅的痕跡。像他父親那樣？難道奧茲家族對當年的卡里蘭星隕，知道些什麼嗎？

有銘齊夫婦是怎樣遇難的，齊家又是如何全軍覆滅，這些事，他還以為隨著時間的流逝，已經沒人知道了。看來並不是這樣。

看了墓碑最後一眼，有奕巳返回宿舍。

「卡里蘭星隕？」齊修一愣，沒想到有奕巳突然回來，竟然是問自己這件事。他搖搖頭，道，「當年我寄居在衛家，才倖免於難。但是對於其他情況，知道的並不比你多。」

果然如此嗎?有奕巳有些失落地歎了口氣。

齊修注意到他的情緒，又道：「不過，當年父親和祖父他們，是自願去卡里蘭星系相助的。他們在那裡犧牲，也是為了榮譽而戰，終得其所。你不需要有太多的負擔。」

有奕巳心裡一跳，想起了蘭斯洛特之前說過的那番話，苦澀地抿了抿嘴。

「不過，奧茲家也許知道些什麼。在祖父他們失去蹤跡後，奧茲家族有派人前往卡里蘭星系搜索，肯定還是查到了一些情報。」齊修說。

有奕巳翻了個白眼，他當然知道奧茲家族掌握著一部分真相。但要他現在去問蘭斯洛特這隻狡猾的狐狸，他肯定做不到。而且對方也未必願意如實告訴他。

有奕巳想了想，剛要開口：「我……」

「小奕，小奕！」沈彥文突然推開門，一臉驚喜地走了進來，「好消息！莫迪教授提交的訴訟，已經正式進入審理階段！由三位首席大法官主持審判。」

他喘著氣，跑到有奕巳面前，「最多不到一個禮拜，就會有結果出來了！我們可以狠狠給軍部一個回擊了！」

有奕巳先是詫異，隨後是喜悅。莫迪教授的辦事速度，比他想像的還快，既然如此，他也得加快腳步了。

「克利斯蒂師兄。」他對著之後走進來的克利斯蒂道，「麻煩儘快準備一艘星艦，我要去一趟中央星系。」

「現在？」克利斯蒂皺眉。

「就是現在。」有奕巳微笑，「我怕去晚了，就趕不上這一場好戲了。」

克利斯蒂看著他，點了點頭。最近，他們越來越信任有奕巳做的決定。雖然認為他依舊需要保護，但同樣也明白，有奕巳早已不再是那個面對危機時，徒勞無力的少年了。

臨出發前，有奕巳傳了一條訊息給慕梵。

一切準備就緒，拿回神石。

風起雲湧。

中央星系已經有許多年沒有迎接如此多的客人。

來自各個地方星系的訪問絡繹不絕，主星的星港排滿了停放的星艦，每一天都有新的客人登陸這座代表共和國政治中心的星球。

他們都是為了同件事而來——旁聽最高法院對軍部的審判。聚齊而來的人像一股旋風，很快刮遍了整顆星球。即便是對政治再沒興趣的年輕人，也能從這股不詳的氣息裡聞到些什麼。

諾蘭星系的代表團是最後幾個抵達首都星的，他們星艦的停泊位，甚至都排到了第二環宇軌道之外。

「我是不知道這件事有什麼好看的。」韓漣扁著嘴碎碎念，「我們不來，審判就不繼續了嗎？軍部就不會被狠咬一口了嗎？既然無論是坐在旁聽席還是待在家裡，都是一樣的結果，我還寧願躺在床上啃著零食看完這場審判。」

「這是表態。」走在他前面的文森特說，「審判結束後，我們就要面臨抉擇，究竟是站在中央星系這邊，還是……」

他頓了頓，沒說下去，而是展開另一個話題：「他應該也會來。」

韓漣的眼睛亮了亮，總算是有了些興致。

他，哪個他？試問現在整個共和國，還有誰能比他風頭更勝——「萬星」，有奕巳。

無論是在學術上史無前例的成就，還是三番兩次掀起風雲詭祕，這位時代的舵手，顯然比他的父親更吸引世人的注意，也更知道該怎樣在與中央星系的博弈中保存自己。

今天的這場審判，不如說，就是這位萬星送給自己和北辰的一場勝利。

中央星系已經棋差一著了，他們接下來要怎麼應對才能從萬星手裡搶回一分顏面呢？

然而，此時沒有人會想到，他們臆想中的這位勝利者，並不滿足於眼前的這點成就。

他還有其他目的。

在最後一位旁聽者入席後，法院宣布，針對軍部的這次審判就此開始。

雙方就指控質證階段，軍部的辯護人對於莫迪教授提交的一系列鐵證，並沒有一律否認，他只是聰明地抓住了一點。

「這只是被人利用了，法官大人！」辯護人激情憤慨道，「身為一國政要，軍部的各位長官，不可能存心做出對國不利之事。他們只是受了一部分人矇騙，被貝斯坦這樣私下與新人類聯盟勾結的小人所構害。沒有證據表明，軍部長官們對這些事情全部知情！」

把罪名全部加諸在少數人頭上，保全其他人，這就是軍部的對策。

在場的所有人看向莫迪，看他要怎麼應對。

莫迪淡淡開口：「我申請證人出庭，法官大人。」

坐在主審位置上的首席大法官莫利西看了一眼他提交的證人名單，悄悄勾起嘴角。

「允許。」

一男一女，兩名證人被帶上法庭。

「這兩位是我們抓捕到的新人類聯盟不法分子。其中一位是新人類聯盟的高層，軍部是否有其他人和新人類聯盟勾結，問她便知。」

「抗議！」軍部辯護人道，「這名女證人神志不清，根本無法做出值得相信的供述！」

被俘虜的曼娜精神近乎失常，看起來確實沒有作證的資格。

莫迪看了對方辯護人一眼，「的確，她已經沒有正常理智，但是這並不代表她大腦中的記憶同樣受損。法官大人，我申請專家證人出庭，調取證人記憶。」

「允許。」

調取記憶？在場有些人竊竊私語。

這可不是一般的異能者能夠辦到的，像這樣侵入一個人的大腦搜查特定記憶，不僅需要極強的精神力和控制力，更需要極高的壓迫系異能遏制對方的反抗。哪怕是精神系異能領域的強者——一名高級檢察官，都不能辦到這點。

莫迪這時候申請的專家證人會是誰，竟有這樣通天的本事？

然後他們便聽見了腳步聲。

隨著一步一步踏入耳膜的步伐，一名介於少年與青年之間的黑髮年輕人，進入了眾人的視線。在看清他的面容後，人們漸漸睜圓了眼眶。

「專家證人到庭。」

眾目睽睽之下，有奕巳站到證人席。

他掛在嘴角的微笑，對於某些人來說卻是死神的鐮刀。

所有曾經參加那場星際會議的人，都無法忘記這雙黑色的眼睛。而這雙眼睛的主人，他是如此年輕，卻步步帷幄、事事運籌，將軍部逼到如今這個地步。

現在，他本人就站在他們眼前。

「我就知道他會出現。」文森特低聲道，看著那個和幾個月前的軍校聯賽時大不相同的年輕人。

韓漣捧著下巴，眼冒桃心，「這個出場方式帥爆了。」

「你之前不是不喜歡他嗎？」文森特問。

「此一時彼一時，你沒看到他把軍部都整成什麼樣了？凡是能讓這幫老狐狸頭疼的人，我都佩服。噓，別吵，他要開始說話了。」韓漣道。

文森特無奈地看了這個變身腦殘粉的傢伙一眼，也收回心神，看向臺上的有奕巳。

「專家證人有奕巳，你能提取這名俘虜腦中的記憶嗎？」主審法官莫利西問。

「可以，法官大人。」有奕巳開口，「對我來說，這並不比遏制一隻暴走的鯨鯊更難。」

說話間，他已經抬手一揮，讓軍部的辯護人連出聲阻止的機會都沒有。原本神情呆滯的曼娜，眼神突然凝聚起來。有奕巳操控了她的意識，開始有目的地逼問。

「站在臺上的人，告訴大家妳的身分。」

曼娜：「我是三號基地的負責人，新人類聯盟的高級實驗專員。」

「什麼是三號基地？」

「是我們進行生物研究，發開新藥劑的場所。藥劑是……」曼娜的表情突然變得痛苦掙扎，有奕巳知道，這是問到禁區了，連忙換了一個問題。

「妳是否認識在場被告席上的這幾人？」

曼娜的目光轉過去，坐在被告席上的幾位軍部大佬呼吸急促，緊張地看向她。誰知，曼娜卻搖了搖頭。

「不認識。」

全場一片低聲譁然，莫迪一方指控軍部與新人類聯盟勾結，這個女證人卻做出相反的供述，這是怎麼回事？搬起石頭砸自己的腳？

軍部的辯護人雖然也疑惑，但更多的是鬆了一口氣。

「法官大人。」他說，「這名俘虜並不認識我們的長官，足以證明長官們是清白的。」

莫利西沒有說話，倒是有奕巳似笑非笑地看向他。

「哦，你認為她的證言可信？」

辯護人愣了一下，回道：「這不是您親自調取的記憶嗎？難道您要否定自己？」他下意識地對有奕巳使用了敬語，恐怕連自己都沒有注意到。

「我當然認為她的記憶是可信的。既然軍部也承認了，那我就能繼續問下去了。」有奕巳點了點頭，「請允許我問下一個問題，法官大人。」

有奕巳問的是：「妳是否認識我？」

曼娜神情麻木道：「你是『萬星』，是我們計畫要抓捕的目標。」

有奕巳嘴角勾起笑容，「為什麼要抓我？你們原準備怎麼抓捕我，請詳細說明。」

看見他這個笑容，有人心底浮上不詳的預感，然而已經無法阻止曼娜如倒豆子般將真相一五一十地說了出來。

「我們原來準備在軍校聯賽上抓住你，但是失敗了。你與慕梵一起失蹤後，我們便四處搜尋你的消息。直到前不久，羅曼人對外宣布你落在他們手裡。我們便與羅曼人進行交易，只要我們能完成他們提出的條件，他們就會將你交給我們。」曼娜的聲音冰冷如機械，卻讓有些人漸漸慌了。

「交易的內容是什麼？」

曼娜：「讓羅曼人成功占領一座星系，就是條件。」

「羅曼人只有區區幾十萬人，要如何占領一整座星系？各大星系都有軍部的艦隊看守，你們新人類聯盟有什麼資格說割讓一座星系就能割讓？」有奕巳進一步引誘她說下去。

「我……」曼娜剛剛開口，就被人打斷。

「別聽這個女人胡說！」一名軍部高官從被告席上站了起來，「她神智不清，滿口胡言，說的話不值得相信！」

「是嗎？」有奕巳笑看著他，「可是剛才親口承認她的證言可信性的，也是你們。怎麼，難道這位大人認為只有對軍部有利的證詞才能相信，其他的都是謊言？」

莫利西嚴肅地敲了一下法槌，「被告人安靜，請勿擾亂法庭秩序。」

軍部官員和軍部辯護人啞口無言，只恨自己剛才認可得太快，這才是搬起石頭砸自己的腳！

「繼續說。」

「我們與軍部達成了協定。」曼娜繼續開口，卻說出一個驚人的真相，「只要我們將萬星帶走，並讓他再也回不了北辰，軍部就會配合我們，假裝被羅曼人擊敗，讓他們暫時占領一座星系。」

「胡說、荒唐！這是汙衊！」有軍部官員滿臉通紅地站起來指控。

「被告人若再次擾亂秩序，就強制帶離法庭。」首席大法官冷冷道。

有奕巳對被告席露出燦爛的笑容，不顧那些臉色慘白的軍官，繼續問：「看起來你們這套業務已經很熟練，難道你們與軍部不是第一次這麼合作了」

曼娜：「之前羅曼人在羅曼星系叛亂，軍部就曾與我們配合，讓羅曼人接連攻下主行星。」

有奕巳嘴邊的笑容收了起來，「你們的目的是什麼？」

「藉口邊境失守，將北辰第三艦隊調來。再設計陷害第三艦隊，削弱北辰軍力。」

「怎麼會！」

「天啊！」

「軍部的人竟然……」

現場再也保持不了鎮定，許多旁聽者露出震驚錯愕的表情，就連法官一時也有些失神，連敲了好幾下法槌，才讓庭審現場安靜下來。

「那麼，傳遞假消息讓第三艦隊攻擊居民衛星，這也是你們安排好的？」有奕巳還在繼續問問題。

「是，那是我們……」

「抗議！」軍部辯護人道，「對方在故意誘導證人證言，我方懷疑證詞的可信性！」

「法官大人！」莫迪教授道，「考慮到孤證不能定案，我方要求在證人之外，提供新的證物，證明證人言詞的可信度。」

「允許。」

在對方辯護人驚慌失措的眼神下，莫迪教授又讓人帶上一臺星腦。當裡面的影片開始播放時，軍部辯護人愴然坐下，知道已經無力回天。

畫面上，幾個羅曼人正在與曼娜交談。

「哦，妳怎麼保證我們真能占領一座星系？難道軍部也有你們合作的人？」

畫面上的曼娜志得意滿道：「那就要看你們如何理解『合作』這個詞了。」

下一個畫面，又是曼娜獨自站在一個房間，與人通訊。而他的通訊對象，正是一名身穿軍服的軍官。

曼娜露出自信的笑容：「我已經與羅曼人談好條件，接下來輪到你們了。」

區區幾分鐘的影片播放完畢，全場都陷入詭異的安靜，不少人的目光在軍部官員和女俘虜之間來回遊蕩。

莫迪道：「事實足以證明，羅曼人的兩次攻擊、邊境幾次失守，實際上都是軍部故意放任為之。這種級別的軍事調動非首席長官不可為，難道這還不足以證明，在這件事上整個軍部都有參與其中嗎！從第三艦隊被陷害開始，軍部就與新人類聯盟有所勾結，這已經是鐵板釘釘的事實！」

莫利西看向被告席，「辯方可有辯解？」

軍部辯護人面色慘白，「我……我們……」

「這倒也不能全怪軍部各位長官。」出乎意料的，在這時有奕巳卻突然出來替他們說話了。然而，軍部辯護人看著他臉上的笑容，對接下來會發生什麼一點都不抱有期待。

果然，只聽有奕巳語帶譏諷道：「長官也不過是普通人，當強大的力量與無限的壽命擺在眼前，如此大的誘惑，想必誰都無法抗拒吧。只是不知道，你們被延長的壽命，能否支持你們度過這漫漫無期的監獄生涯呢？」

坐在被告席中間位置的軍部首席長官突然抬起頭，雙目通紅地看向他。

「你是故意的。」首席長官沙啞道，「你早就知道這些，故意設計陷害我們！」

「怎麼會呢？」有奕巳一本正經地搖搖頭，「我只是恰巧從羅曼人手中逃脫，並獲得這份證據而已。證詞已經對完了，法官大人。」他退到證人席位。

然而，在背對眾人的地方，有奕巳卻露出笑容，用唇語無聲道。

我就是故意的。

首席長官突然被激怒，跳起來要衝向證人席，卻被法警們緊緊抓住。

「萬星、萬星！」他淒厲道，「我不會讓你如願以償的，不會！」

處在他炙熱目光中的有奕巳卻好整以暇地站著，彷彿現場的混亂與自己毫無關係。

直到軍部首席長官被人強制押解下去，在場的眾人還無法從他剛才瘋狂的嘶吼中回過神來。那是一個人走到絕境的淒厲嘶喊，是被吞沒前聲嘶力竭的掙扎。哪怕每個人都明白他是咎由自取，但是親眼看到一個堂堂軍部最高長官被逼到這種地步，他們看向有奕巳的目光，也帶了幾分敬畏。

莫迪上前一步，做出最後一擊：「法官大人，我們提供的第二位證人騰白，體內所蘊藏的一種激素藥劑，它可以延長壽命、激發異能。我們有證據證明，軍部與新人類聯盟合作，正是為了獲得這種激素藥劑。而我們更有足夠的理由懷疑，新人類聯盟利用這種藥劑，控制的共和國高層已經不只軍部。」

他言詞鏗鏘道：「在此，懇請最高法院在審判結束後，徹查所有國內高級官員，以防後患！」

有奕巳慢慢勾起嘴角，欣賞周圍人的慌亂。

他計畫中的第一步，才剛剛開始。

第五十二章　北辰之星（三）

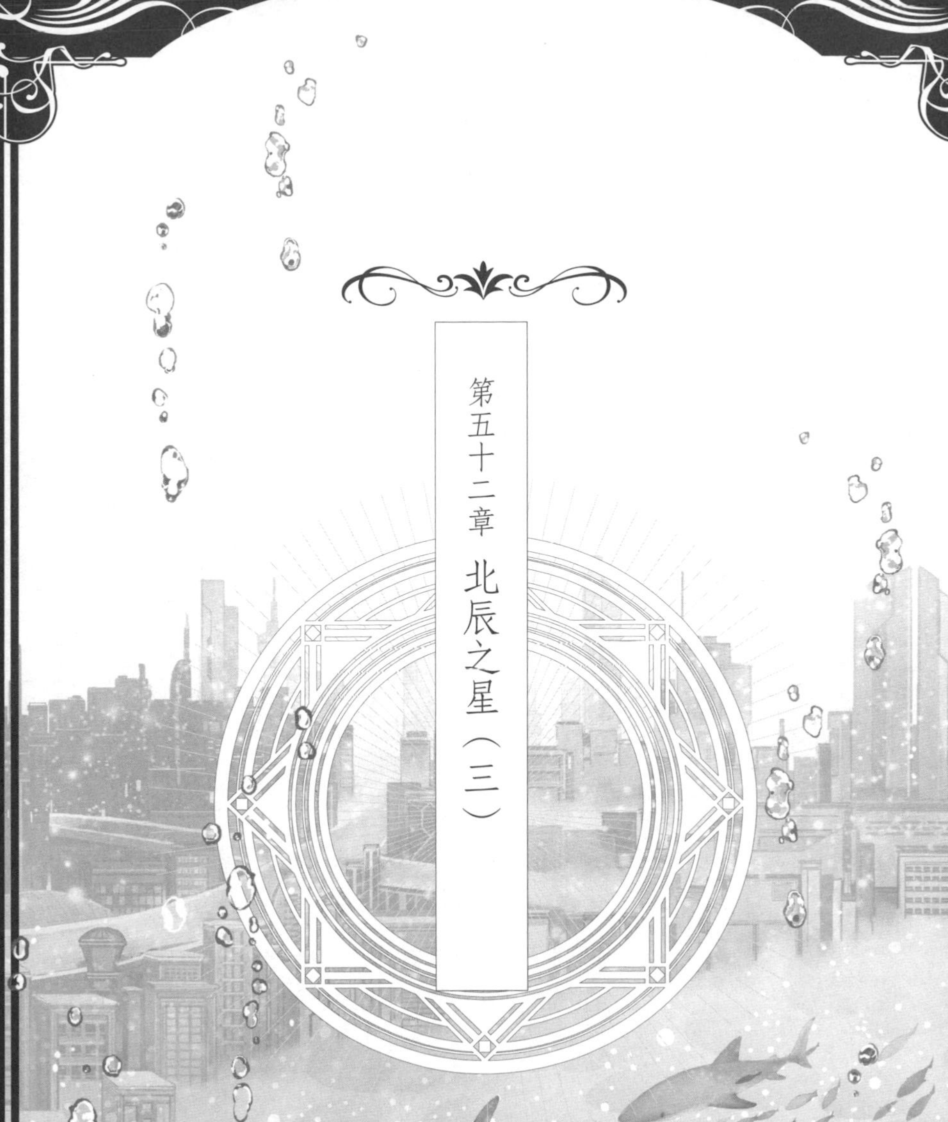

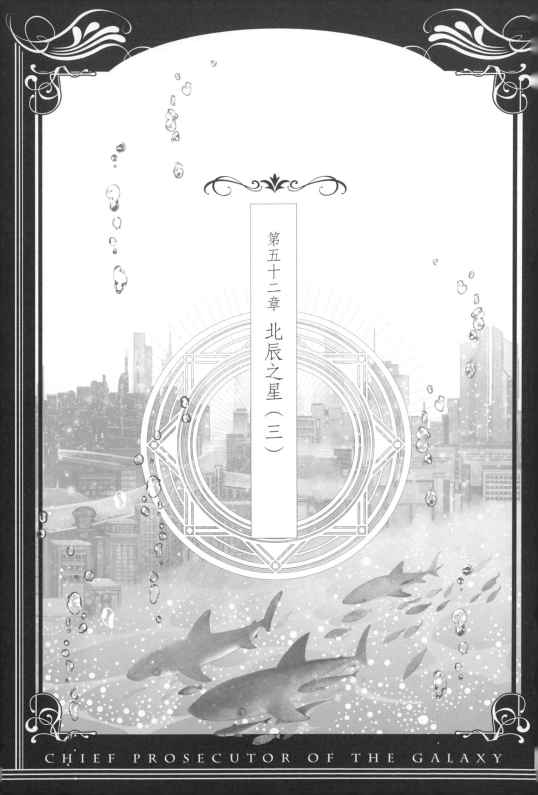

審判已經結束，但是風波卻遠遠沒有平息。

在法官宣布擇期宣判後，有奕巳準備離開審判庭，周圍無數炙熱的目光都投注在他身上。他們盯著他，眼神或緊張，或懷疑，或防備。

人們紛紛在心中揣測，掀起這麼大的波浪，這個萬星究竟要做什麼！

而有奕巳則彷彿沒看見他們的目光，徑直走出審判庭。然而他邁出審判庭還沒有兩步，就被人攔了下來。

「不介意我耽擱你一些時間吧。」

議會議長巴默爾出現在他面前，顯然是剛剛得到消息趕來，臉上滿是不正常的潮紅。在看向有奕巳時，他努力表現出鎮定和威嚴，卻依舊在細節方面露了餡。

有奕巳帶著笑意地看向這位總議長、共和國政界的領袖人物。

「我只是一名普通學生，哪有榮幸讓議長大人親自相邀呢？」

巴默爾道：「也許我們可以就你的家族遺產敘一敘舊。親愛的孩子，你回來得太倉促了，你的家族與你的父親遺留給你的東西，我們還沒來得及交還給你。」

這是打算討好他了。可是很可惜，有奕巳並不吃這一套。

「我還有事情要完成，恕不奉陪。」

「有奕巳！」

臉面再三被打，巴默爾忍不住微怒，壓低聲音道：「我知道你們北辰星系心裡很不滿，這次也確實是我們虧待你們了。但是這件事……這件事畢竟事關共和國的顏面，如果讓整個軍部的人都被判有罪，對共和國來說是何其大的一個打擊！你就不能、就不能站在大局上考慮一下嗎？」

站在大局上考慮，有奕巳幾乎要冷笑出聲。這位議長大人，怎麼好意思跟他說這種話？

他轉過身，清冷的黑眼珠看著巴默爾，「如果我不是考慮大局，此時就不會站在這裡，而是和那些羅曼人採取同樣的行動了。」

巴默爾的心跳幾乎一停，他這是說要叛變嗎？北辰星系可不是無足輕重的小星系，它位處邊境，本身又有強大的戰力，這樣的星系如果叛離共和國，那簡直就是割他們的血肉。

「你威脅我！」巴默爾狠狠咬牙道。

此時，他們在門口的談話，已經吸引了不少人的注意。很多剛剛離開審判庭的人，都把視線投向這個角落，很顯然，他們對這裡發生的事情十分感興趣。

有奕巳的目光在周圍人身上一掃，用絲毫沒有壓低的聲音道：「這不是威脅，議長大人。只是在經歷了第三艦隊和雷文要塞的事件後，還能像北辰這樣忠心於共和國的星系，已經不多了。希望您能明白我們的心情。」

他最後深深看了一眼巴默爾，便頭也不回地離開。議長大人站在原地，表情麻木。

「真是太帥了！」

剛走到門口，有奕巳突然又聽到有人大笑著評價，明顯是在說自己。

「你沒看到巴默爾剛才的表情，簡直比吃了蒼蠅還難看。這幾年，中央星系老是拿各種理由來打擊我們。打壓對手毫不手軟，我就欣賞你這種霸氣的做法！」

另一個聲音道：「最開始你也差點被劃入他的對手名單。」

有奕巳看向說話的人，「文森特，韓漣？」

兩個正在向他走來的年輕人，正是剛旁聽完的文森特和韓漣。他們代表諾蘭星系來見證這次審判，總算覺得不虧此行。

「話說你接下來打算怎麼做？」韓漣上來勾著有奕巳的肩膀，一點都不把自己當外人，「是繼續打臉，還是和他們談判大賺一筆？雖然我很推薦前者，但是文森特這傢伙說聰明的人總不會逼得魚死網破。」

文森特也問：「事實上，我也對北辰接下來的行動很感興趣。」

有奕巳對他們兩人以及他們背後的諾蘭星系都比較有好感，正打算開口——

「我建議如果你們要繼續聊下去，應該換一個地方。」

有奕巳目瞪口呆地看向打斷他的人。

「西里硫斯！」他吃驚道，「你怎麼會在這裡？你不是應該在雷文要塞嗎？」

不知何時出現的西里硫斯，穿著一身白袍，站在人群中很是顯眼。他的頭髮有些淩亂，眼睛卻很有神。

「關於那件事，我新得了一些靈感。再加上某些人遲遲無法完成任務，索性我就自己來找你們啦。」他說著，眼睛在文森特和韓漣身上一瞟，「看來我來得不是時候。」

「我保證，那件事很快就會辦到，你只要再給我幾天時間……」有奕巳正要開口解釋，旁邊又傳來了一個人的聲音。

怎麼了?他頭疼地揉了揉眉心，今天是所有人都約好一起出現嗎?

「少將軍!我等您好久了!」韓清急匆匆地跑過來，「緊急消息，楊卓他們……你是誰!」

說到一半，韓清語調突然一變，上前拍開韓漣搭在有奕巳肩膀上的手，怒道：「無禮的傢伙，不要隨便亂碰我們少將軍。」

韓漣被推得一個踉蹌，惱怒地轉身，正要大罵，可當他看見來人時，整個人都愣住了。與他表情相同的，還有前一秒還在生氣的韓清。他們兩人像是照鏡子一樣看著彼此世界上可能存在這樣的人嗎?明明你與他從未見過面，兩人卻像雙胞胎一樣，無論是眉眼還是氣質都如此相似，甚至是連驚訝時的小動作都是一模一樣。

有奕巳此時已經忘了今天這一系列事件有多麼巧合，他看著下巴都快掉下來的韓漣，說：「還記得我問過你，你是否有一個雙胞胎兄弟嗎?」

韓漣表情痴呆道：「不，不可能!我有兄弟我自己怎麼不知道?這傢伙是誰，我的複製人嗎?」

韓清白他一眼，「誰會複製你這樣無禮又愚蠢的傢伙。」

韓漣：「……為什麼我現在才發現，用自己的臉做這種表情，竟然是這麼的欠扁。」

「幾位，容我再提醒一遍。」西里硫斯在一旁道，「如果你們不想繼續被圍觀下去，就趕快換個地方敘舊吧。」

有奕巳這才注意到，他們幾乎被人群包圍住了，窘迫之下，連忙讓韓清帶路去他們在這裡臨時安排的住處。然而，等他走到住處門口時，才發現這裡竟然又有一個不速之客。

有奕巳：今天是刮了什麼風！

蘭斯洛特走下臺階，「別這麼看我，今天我可不是來找茬的。只是來通知你一個消息——」他看了韓清一眼，「也許你的小騎士，還沒來得及告訴你。」

「什麼？」

「就在你們庭審的時候，新人類聯盟對羅曼人不宣而戰了。」

宇宙中，帝國艦隊在慕梵的率領下，剛剛擊毀他們目標名單中第七個新人類聯盟基地。

「殿下，我們已經清剿了整座基地，奇怪的是，並沒有遭遇到想像中的反抗。」梅德利彙報道。

「當然沒有。」慕梵放下手中的檔案，「因為他們的主力，都轉移到別的地方去了。」

他收到的緊急情報顯示，羅曼人遭到不明武裝力量的攻擊，已經接連丟失了三顆行星，並且還在節節敗退中。慕梵連眼睛都沒轉，就知道這是狡猾的新人類聯盟故意拿基地當誘餌，分散他的注意力。只是，他們為什麼要急著對羅曼人下手？

——有奕巳也想不通這點。

得到情報後，他很快從最初的驚訝中冷靜下來。楊卓他們那邊還有饕龍傭兵團和薩丁教授的星盜，抵抗一段時間不成問題。但若是新人類聯盟繼續展開攻勢，他們就很難堅持下去了。

可是他這邊的局勢也剛剛打開，不可能調更多的人手過去。最重要的是，如果公開了他和羅曼人的關係，很可能在輿論上被人利用。

有奕巳的眉心都可以夾死一隻蒼蠅了，可見他此時有多麼煩惱。

「他們是知道情勢對自己不利，索性破罐子破摔，不再假裝和平，直接動手了。」西里硫斯挑眉道，他穿著白袍站在窗前，整個人顯得比幾個月前清瘦了許多。

「可為什麼是羅曼人？」

「因為羅曼人是他們最初的實驗對象，他們的基因裡，肯定攜帶著新人類聯盟的實驗祕密。而目前爭奪的這座星系，離北辰和帝國都很近，新人類聯盟只要占領這裡，無論打算對哪邊下手都很方便。」西里硫斯冷笑道，「我還以為他們打算忍到我們拿到神石，沒想到已經忍不住了。」

「如果我們現在沒有足夠的兵力守卜這座星系，最壞的結果會是什麼？」有奕巳問。

「很簡單。他們會俘虜更多的羅曼人，將羅曼人全部改造成自己的生物兵器，再進攻其他地區。以新人類聯盟的手腕和他們掌握的詭異藥劑，做到這點並不難。」

有奕巳頭疼不已，他絕對沒想到，新人類聯盟這群瘋子會在此刻撕破臉皮。絕對不能讓他們得逞，可是該去哪裡找援兵呢？

一直站在一旁的文森特忍不住開口：「也許，我們諾蘭星系可以——」他的話還沒說完，就被人打斷。

「諾蘭星系距離太遙遠，而且很久沒有實戰經驗，你們遠距離作戰，除了增加補給風險和拖後腿外，我看不到有什麼幫助。」顯然，說話這麼毒舌的人除了蘭斯洛特再無第二。

一開口就得罪了不少人的蘭斯洛特聳了聳肩，「但是我們奧茲家不一樣，無論對象是星盜還是與正規軍，我屬下的戰鬥經驗都十分豐富。而且遠距離作戰，對在全星際都擁有暗樁的奧茲家族來說，並不是什麼困難。」

有奕巳當然不會這麼輕易被誘惑：「前提是，你願意幫助我們。」

「當然，這是有條件的。」蘭斯洛特笑意盈盈地看向他，「請告訴我，你打算把北辰星系帶向何方？」

他頓了頓，視線如刀般銳利，「你打算自立為王嗎？」

有奕巳和蘭斯洛特無聲地對峙，相互凝視的目光中，充滿著對彼此的打量和揣度。周圍的人都忍不住屏住呼吸，直到有奕巳輕笑一聲，才讓他們找回自己的心跳。

「你怎麼會有這樣可笑的念頭？」有奕巳看著他，「自立為王，我可沒有那麼大的野心。而且現在星際有兩個國家就已經足夠混亂了，誰還想再添亂？就算是羅曼人，也沒有另立帝國的野心。」

「但是你和他們不一樣。」蘭斯洛特看著他，第一次收起總是掛在臉上的笑意，「你的身分，你的血統，以及你至今所做的事。只要你有這個意願，就會在北辰一呼百應。即便是現在，北辰星系所擁有的軍力，依舊足以支持你這麼做。如果你沒有這個念頭，為何這麼迫不及待地與中央星系攤牌？」

他意有所指道：「剛才在審判廳門口，議長大人的臉色可不好看。有奕巳，你把軍部和議會逼到這個地步，不要告訴我，你一點想法都沒有！」

其他人大氣都不敢喘，在蘭斯洛特的逼問下，有奕巳笑了笑，開口：「我可不想自立國家，只是想爭取一點小小的自主權。」

「自治權？」蘭斯洛特似笑非笑，「一套獨立的司法權、審判權、行政權體系，還有屬於自己的軍隊。如果這就是自治的話，和一個國家又有什麼區別？」

有奕巳聳肩，也不否認，「至少名義上還是屬於共和國的，不是嗎？我給他們留了點面子。」

「可是這樣一來，自治之後的北辰星系就相當於一個獨立王國。再也沒有任何人可以干涉你們。」

兩個人你一言我一語地，將一個龐大的目標就這樣輕描淡寫地說了出來，旁聽的人全都不敢置信地瞪大了眼。

「少、少將軍！」最先開口的是結巴的韓清，「這件事您為什麼從沒有跟我們提過！」

有奕巳摸了摸鼻子，「這不是還沒成功嘛。我只和莫迪教授稍微提了一下，就被他罵是異想天開。我想，好歹得等事情有點眉目以後，再跟你們說。」

韓清激動地道：「我要把這件事告訴克利斯蒂大人，我要讓大家都知道這個消息！他們一定會以您為傲的！」

有奕巳：……我就知道你們會是這個反應，才不想這麼早說。

一旁，來自諾蘭星系的兩人也在竊竊私語。

韓漣：「我覺得他們這個模式好像也不錯，我們要不要也搞一套？」

文森特歎氣，「世上沒有第二個有奕巳了。」

比起韓漣，清醒的文森特更明白，如果北辰星系真能達成那個目標，最不可或缺的關鍵就是有奕巳。而正如他自己所說，別的星系都不會再有這樣的人物。

「萬星」是獨一無二的。

在其他人激動不已的時候，捅破有奕巳的小祕密的蘭斯洛特卻異常鎮靜。他問：「那麼在北辰自治以後，你又打算做什麼？成為自治區的首腦，將北辰星系真正掌控在手下？」

「自治區首腦？」有奕巳一臉嫌棄，「我為什麼要去做這麼麻煩的事！政治是老狐狸們的遊戲，拜託，我還沒畢業好嗎！當然是繼續回去讀書！」

蘭斯洛特被他噎了一下，有些不知道該怎麼反應。

「我在北辰軍校才讀到二年級，三年級和四年級的學業我可不打算放棄。我的目標是至少連續霸占四年的年級首席，然後以史上最優秀的成績畢業，成為一名檢察官。」談起自己的學業，有奕巳臉上滿是屬於少年人的意氣風發，「然後組一支騎士軍團，將共和國和北辰有史以來難度最高的通緝犯全部一網打盡。等退休後，我就可以對我孫子說，看你們現在過的太平盛世，都是爺爺為你們打下的江山……」

他越想越得意，幾個月的壓抑和重擔，好像在這個臆想中全部灰飛煙滅。每次眉飛色舞地談論起未來的計畫，總讓有奕巳覺得，現在這段難熬的日子也沒有什麼了不起的。

蘭斯洛特怔怔地看著他，「難道你就一點都不想……」權力和名譽，這可是任何人都拒絕不了的誘惑。

「想什麼?」有奕巳白了他一眼，「我告訴你們，做領袖是最麻煩的事，整天都要操心這操心那的。要照顧自己的屬下，還要兼顧各方平衡。一天到晚不僅得防備自己人被暗算，還要想著怎麼去算計別人。」

文森特在一旁連連點頭，他對這點也是深有感觸。尤其是當身邊有韓漣這樣的隊友時，總是免不了勞心勞力。

「我的夢想，是成為共和國最出色的檢察官。」有奕巳最後道，「但這得是靠我自己的能力達成，而不是靠這些鬥爭。好了，現在我全都告訴你了，輪到你回答了。」他看向蘭斯洛特。

這個總是在評估他、考核他，似乎在為什麼做準備的男人，定定地看了有奕巳好一會。片刻後，蘭斯洛特微笑道：「有奧茲家族在，新人類聯盟不會占到便宜。」

有奕巳鬆了一口氣，認真地看向他，「如果你有什麼需要，直接找克利斯蒂師兄，他統管這些。」

蘭斯洛特伸出手，「合作愉快。」

解決完一個大難題，有奕巳總算暫時得到喘息的機會。然而，就在他重新將奧茲家族收入麾下的這段時間，關於軍部的審判消息，已經傳遍了所有星系。

軍部醜聞，神祕藥劑，以及有奕巳咄咄逼人、毫不退讓的態度，都成了人們津津樂道的話題。不僅是共和國這邊，就連帝國也在熱議這件事。不少人對於有奕巳這次的出場，都感到驚訝又敬佩。

海角，八卦論壇。

【熱門】我從沒見過這麼帥的人類，人家好想為他產卵！

正在行軍途中的某人看到這篇貼文，眉頭一挑，喊來自己的書記官。

「梅德利，查查星網上還有多少這樣的貼文，全部給我刪了。」

還以為殿下找自己來商量正事的書記官：「……」

梅德利：「殿下，星網保障言論自由，我們干涉不了公民的自由言論。」

「那他們就可以隨便議論王妃嗎？」慕梵不悅。

梅德利暗自翻了個白眼。八字都還沒一撇呢，您有種在那位面前親自這麼說啊。

梅德利苦口婆心道：「部隊還在行軍途中，新人類聯盟狡猾難除，右將軍又對我們虎視眈眈，形勢不如預想中的順利，殿下。」您有空想這些，還不如來操心操心正事呢！

慕梵揚眉淡淡一瞥，「你在指責我分心嗎，梅德利？」

「屬下不敢。」

「國內的大部分貴族，到現在也沒有把新人類聯盟當一回事，我領兵出征，他們只當是看一場笑話。」慕梵站起身來，走到落地窗前，「你覺得這個時候，我如果輕而易舉地就將新人類聯盟打敗，他們會怎麼想？」

梅德利：「這個……」

「他們會毫無憂患之心，不將這個心頭大患放在心上！最後被這隻吃人的怪獸吞噬得一乾二淨。」慕梵冷笑，「對於這幫蠢貨，我為什麼要犧牲自己的屬下，去為他們送命？」

「所以您是故意拖延行軍速度？」梅德利眼睛一亮，「新人類聯盟的大部分軍隊正往羅曼人的星系趕去，那附近就有一個右將軍管轄的軍事要塞。如果他們──」

「如果他們在羅曼人手裡吃了虧，毫無疑問，這群瘋狗就會咬向另一塊肥肉。」慕梵道，「不被瘋狗咬一口，這群人怎麼會知道痛？」

「可是殿下，要塞裡的畢竟都是帝國的士兵，我們真的就這樣坐視不理嗎？」

慕梵回頭，雙眸深處帶著一絲冷漠。

「他們是星鯊家族野心的犧牲品，梅德利。這世上沒有一個任何人，能不用付出就獲取勝利。榮譽，性命，亡者的怨懟，活人的憎恨，這都是培養勝利果實的土壤。」亞特蘭提斯王子冷道，「如果犧牲一座要塞的士兵，能讓帝國延續一百年，我會毫不猶豫地這麼做，就讓他們恨我也無所謂。」

「可是殿下，您也是為了國家，難道就沒有更好的辦法？」

「沒有！」慕梵的眼瞼下落下一片陰影，「世上沒有兩全其美的事。況且，我沒有那麼無私，我只是為了自己。」

慕梵的雙眼投向遠處星河，「我想建造的，是更加繁榮的國家；我想延續的，是帝國最優秀的血脈；我想保護的，是世上最出色的子民。而這一切的前提，都是建立在他們屬於我的基礎上。如果他們不再屬於我，我也會毫不猶豫地毀掉一切。」他輕笑，「你覺得，這樣的我還值得你效忠嗎？」

書記官看著慕梵的背影，深深地彎下腰。

「您值得一切，殿下。」

在這一刻，他不免想起總是被慕梵惦記的那個人類。以殿下的性格，如果兩人真的沒有並肩的可能，等待他們的會是什麼？

恐怕答案已經不言而喻。

「軍部」大清洗，副部長級以上官員全部革職！

來自北辰的狠戾反擊，共和國根基是否會因此動搖？

審判現場直擊：控制高層軍官的神祕藥劑，疑為新型毒品。

國家紀檢部與安監局聯合通告：未來一週內，共和國將對所有在職公務人員進行身體檢查。

「我和萬星不得不說的故事」——亞特蘭提斯王子殿下採訪筆錄。

有奕巳的目光在最後一則新聞上徘徊了幾秒，啪一聲關閉星網頁面。他揉了揉自己的眉心，假裝沒看見那條畫風不對的新聞。然而，站在旁邊的某人可不會放過他。

「你覺得，這新聞真的是慕梵的親口訪談？」西里硫斯頗有興趣地抬起頭來。

「他不是正在討伐新人類聯盟嗎，還有時間接受採訪？『與有奕巳第一次見面時，我的心臟就開始異樣地跳動』、『當我被新人類聯盟控制時，我知道能把我從失控中喚醒的人只有他』、『他對我而言是特別的』……」西里硫斯嘖嘖感歎，「包括帝國在內，一共有七十多家媒體轉載了這篇訪談，真是聲勢浩大的告白。」

有奕巳頭上青筋暴跳，「怪不得新人類聯盟還有餘力去攻擊楊卓他們！這個傢伙，出兵打仗的時候根本沒在幹正事！」

「誰知道呢，說不定這也是他的策略。」

「呵呵。」

兩人正說著話，一對廝打中的人撞破大門，衝進了房間。

「讓我先進，是我先過來的！」

「我找少將大人有正事！」

「那也不能插隊，你這個假冒貨！」

「誰假冒誰還不一定呢！誰會傻到去複製一個頭腦簡單的笨蛋，毫無價值好嗎！」

「你這傢伙——」

韓漣和韓清兩人互相撕扯，拳腳並用，把對方那張和自己一模一樣的臉打得鼻青臉腫。最後，兩人甚至忘記了動作招式，像普通人一樣拉對方頭髮、扯臉頰，甚至張嘴就去咬。

有奕巳實在看不下去了，一拍桌子怒喝：「你們兩個究竟是進來幹什麼的！」

兩個連體嬰被罵得愣了一下，韓清先鬆開手，拍拍衣服站起身，「我來向您傳達克利斯蒂大人的情報，少將軍，只是路上被這個不長眼的擋了路。」

「是誰不長眼！」韓漣臉紅脖子粗地叫道，「明明是我先走到門口，你非要插隊。」

「你們兩個……」有奕巳忍不住道，「如果不能好好說話就都給我出去！」

幾分鐘後，韓清和韓漣垂頭跪坐在地上，有奕巳面無表情地站在他們身前。

「韓清，你先說。」

「是！」韓清抬起頭，還不忘得意地瞥了旁邊的人一眼，「克利斯蒂大人傳來簡報，奧茲家族的援軍已經與羅曼人接觸，他本人也離開了北辰，前往羅曼人的基地。還有，伊索爾德大人一天前接到密令返回帝國，目前也不在學校。」

有奕巳皺眉，「那學校現在由誰照管？」

「是齊修與衛瑛大人，兩位大人每日忙於學校事務，等待您返回。」

沒想到，這兩個曾經彼此看不順眼的人，現在竟然被這樣緊密地綁在一起。有奕巳想，世事還真是難以預料。

「韓漣，你又有什麼事？」

「我和文森特準備……」韓漣張開口才說了一句話，就被人打斷。聲音來自有奕巳手腕上的通訊器，呼叫音連續不斷，顯得急促而淒厲。

有奕巳看了眼來電 ID，挑起嘴角，「我們的某位大人忍不住了。」

他與西里硫斯對視一眼，按下了接通鍵。

「殿下。」

梅德利走到慕梵身後五米處，低頭彙報：「星鯨家族的伊索爾德已經回到帝都星，按照您的計畫，他將在我們的輔佐下接收海因里希家族的勢力。」

慕梵滿意地點頭，「恐怕星鯨家族的人怎麼也不會想到，當年這個被他們放棄，派到北辰監視我的棄子，如今倒成了扼殺他們自己的利刃。」

他眼中閃過興味的光芒，彷彿對於這樣一場自相殘殺十分期待。

「右將軍安排要塞的士兵加強巡防，看來是打算在新人類聯盟對羅曼人動手時伺機撿漏。」梅德利道，「殿下，如果右將軍也和新人類聯盟聯手，那我們可就陷入劣勢了。」

慕梵頭也不抬道：「他不會這麼做的。星鯊家族的人是徹底的沙文主義者，在他眼裡，除了海裔以外的生命都是低級生物。他不屑和新人類聯盟合作。」

梅德利低眉想了想，深以為然，「右將軍這麼頑固，倒是替我們省下一個麻煩。」

「可是他這種頑固的想法，也會使帝國踏入絕境。」慕梵冷哼，「固步自封的傢伙，最後只會把自己困死在圍城裡。他最大的弱點，就是太小看新人類聯盟。」

說到這裡，慕梵忍不住蹙起眉頭。最近所有事情似乎都在他的預料內，有奕巳那邊也成功回擊了軍部，但是為什麼，他內心深處還是有一種不安。好像他們至今為止做的事情，都不過是為他人做嫁衣。

現在在回想起來，被這個組織控制的那幾個月，他對他們的瞭解就不夠深入。唯一印象深刻的，只有那個叫艾因的男人。對了，當時那個傢伙好像還曾做了他的複製體……

慕梵的眼睛漸漸陷入迷惘，連他自己都沒注意到。

「殿下，殿下……」

梅德利喊了好幾聲都沒喚回慕梵的神智，忍不住出殺手鐧。

「殿下，王妃大人來了！」

慕梵猛然回過神，意識到自己被騙後，不快地看向書記官。他討厭有奕巳被拿來當作他的軟肋，即便這個人是自己的書記官。

「梅、德、利……」陰冷的氣息從慕梵身上散發出來，祕書官大人欲哭無淚。

幸好，在他發作之前，有奕巳的通訊真的撥打來了。在千鈞一髮之際，慕梵放棄了找自己書記官的麻煩，而是立刻接通通訊，用壓抑著期待、又帶著些許不滿的語氣開口：「怎麼這個時候才聯繫我。」

看著一秒變臉的王子殿下，梅德利剛鬆了一口氣，就聽見慕梵語調一變，變回平常的清冷語音。

「神石不見了是什麼意思？」

「就是字面上的意思。」

有奕巳看著通訊上的立體投影，道：「巴默爾議長剛才聯繫我，答應了我之前許下的其他條件。但在我開口前，他主動提及神石，並說神石目前已經不在共和國的保管之下。」

「他為什麼主動跟你提起這個？」

「因為弄丟神石的是軍部，巴默爾以為，這是我找軍部麻煩的理由之一。」有奕巳頓了頓，「我不認為他是在說謊。」

「這件事你告訴西里硫斯了嗎？」

「事實上，他就在我身邊。」有奕巳看了身旁的人一眼，西里硫斯倒是比他們兩人更加冷靜。

「他在你身邊？」慕梵不禁被轉移了注意力，「這個時候他應該在雷文要塞研究空間穿越技術！怎麼有時間跑去找你！」我都好久沒見你了！燈泡王子忍不住在心底作比較。

「因為我效率高，提前完成了任務。」西里硫斯走過來，插嘴道，「如果你也能提前將新人類聯盟解決掉，那麼我們現在就不用操心這些事了。」

「現在神石不見了，你準備怎麼辦？」慕梵問他。

「事實上，我早有預感。無論是共和國還是新人類聯盟，被你們逼入絕境的時候，都沒有用過神石。看來它確實是不存在了。但是——」西里硫斯話鋒一轉，「我有備用方案。」

「備用方案？」

西里硫斯看向有奕巳，伸出手問：「還記得我之前給你的那個吊墜嗎？」

有奕巳微微一愣，從衣領裡掏出那塊藍色寶石。

「你指這個？」

目睹這一幕的慕梵忍不住道：「你們兩個什麼時候交換了定情信物！」沒有人理他。

西里硫斯看著藍寶石，目光轉柔，低低呢喃：「它的顏色變得更清澈了。」他抬起頭，「小奕，看來你得跟我再回一趟雷文要塞。」

「這個吊墜……」有奕巳摸著藍寶石，「難道是——」

「這是我在雷文要塞這些年研究的最終成果，你可以叫它『希望』。」西里硫斯緩緩道，「它是我採集樣本、搜集資料後，做出來的神石仿製品。本來只是為了以防萬一，現在想來，它卻是最好的選擇。『希望』一直由你貼身攜帶，在有琰炙引發黑洞時，也曾近距離處在時空混亂之地，吸收了那時的資料。因此，它說不定比神石更適合定位有琰炙。」

有奕巳摘下吊墜，「那你直接把它拿去，反正它本來就是你的。」

誰知，西里硫斯卻搖了搖頭。

「仿製品終究是仿製品，沒有歲月的凝練，它還無法發揮多少力量。只有被你佩戴時，『希望』才會充滿生機。難道你沒有發現，好幾次你身處險境，都是它給予你幫助嗎？你與它是相輔相成的。」西里硫斯說，「在時空穿梭裝置準備好之前，必須由你一直孕養它。」

「我和你去雷文要塞。」有奕巳想都不想地回答。

西里硫斯點了點頭，「『希望』畢竟是最成功的仿製品，又吸收了你的力量。以防萬一，我要給它設定一個開啟口令，由你來定吧。」

「阿薩維亞。」

有奕巳還沒來得及開口，一旁一直偷聽的某人就搶奪了定名權。

「這是海裔流傳下來的古語——意味著永恆，永遠，真摯的愛。既然它叫『希望』，用這個口令不是很合適嗎？」

西里硫斯點點頭，「那麼，就是阿薩維亞了。」

此時，沒有人知道，這個名字就是一切輪回的開始。

第五十三章　冥冥昭昭（一）

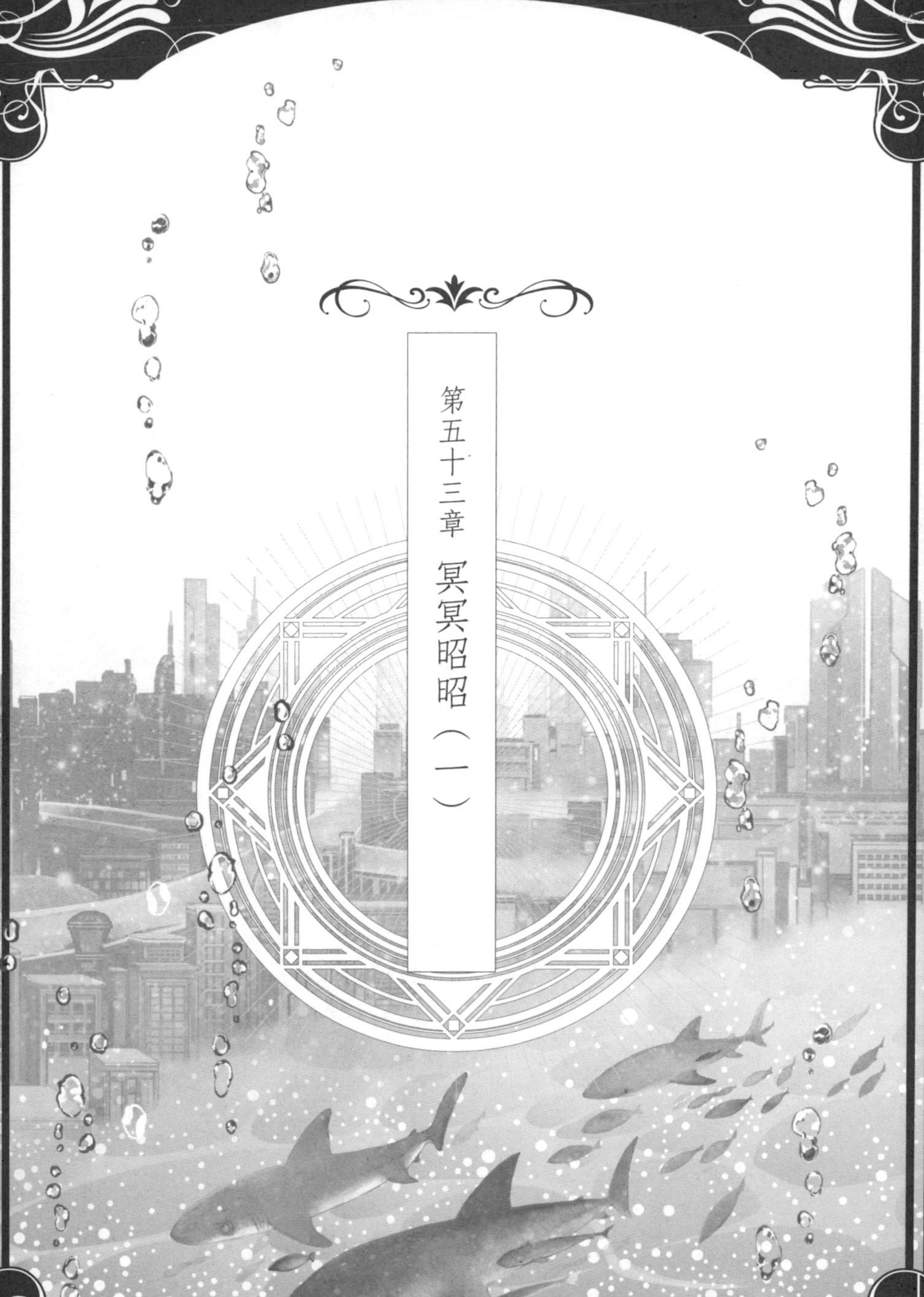

宇宙的時間通向未來，而未來的光影卻非肉眼所能見。

艾因站在甲板上，眺望著遠處漆黑的星空，那無數顆星辰閃耀的光芒是那麼美麗。然而，卻沒有一顆再屬於他。

「你們究竟在做什麼！」

艾爾溫．哈默氣衝衝地走了進來，紅色的長髮彷彿隨著怒火變得更鮮豔。

「軍部的審判結果已經下來了，針對高層的清洗調查馬上就要開始！這個時候你還有心思在這裡看風景？」完全落於下風的事態，讓艾爾溫有些失去理智，「我不管你們要等什麼神石，再不行動，我就自己去——」

「稍安勿躁，哈默少爺。」艾因輕輕地嗅了下空氣，「時機到了。」

說著，他眼睛眺望向遠處，閃過興奮的光芒。

「我聞到血味了。」

他的身影被空間扭曲折疊，一眨眼便消失在艾爾溫眼前。

「怎麼回……事？」

艾爾溫踉蹌地後退幾步，不可思議地看著艾因原本的位置。空氣裡連半絲溫度都不留，完全想不到就在幾秒前，還有一個活人站在這裡。他就像是幽靈一般，毫無徵兆地消失無蹤。

第一次，艾爾溫．哈默開始懷疑，和新人類聯盟合作真的是一個正確的決定嗎？這個組織的人，究竟還是不是人類！

「那麼，祝你們一路平安，早日返回諾蘭星系。」

在星港口，有奕巳向文森特和韓漣告別。審判結束以後，他們都有各自的使命要背負，不可能繼續留在中央星系了。

文森特道：「回去以後，我會向大家彙報這裡的情況，如果北辰有需要的話，隨時可以向我們求助。」

「謝謝。」有奕巳對來自遙遠星際的新伙伴心懷感激。

「對了，這個是『啟明星』當年在諾蘭就讀時留下的東西，我覺得應該把它交給你。」文森特拿出一個盒子交給有奕巳，「告辭。」

看著那兩人登上星艦離開，有奕巳收回視線，望向手中的黑色小盒。諾蘭星系傳遞的友善，他察覺到了。每當感受到這些支持，他才會覺得自己不是孤軍奮戰。無論支援的力量是多是少，這都是支持他繼續戰鬥下去的動力。

「人已經走了嗎？」

韓清從後面跑了上來，掃了一眼空蕩的停泊位，嘀咕道：「竟然這麼快？」

有奕巳取笑他：「怎麼，你還捨不得和人家告別？」

這陣子，韓清與韓漣兩個人算是不打不相識，感情以一種奇特的方式不斷升溫。很多見到他們的人，第一眼都會以為這真的是一對關係不錯的雙胞胎。有時候就連有奕巳都會懷疑，這兩人是否真的有血緣關係——世上哪有那麼巧合的事。

「哪有！我巴不得他趕快走好不好！」韓清紅著臉道。

「你們兩個！」西里硫斯站在小型艦的入口，不耐煩地敲著金屬門，「我們也該出發了！」

韓清的臉色一下子變得慘白，「我、我去立刻駕駛！」

有奕巳看見他走過西里硫斯身邊時，連氣都不敢喘一下，不免覺得好笑。他走進艙門，看著罪魁禍首道：「你嚇到我的小騎士了。」

西里硫斯一臉不屑，「如果只有這點膽量，怎麼在戰亂中活下來。」

「不，我的意思是，他的害怕只針對你。你對他做過什麼？」

西里硫斯轉身關上艙門，「一個普通人而已，又不是有琰炙那樣的稀有實驗體，我能對他做什麼？」

「……聽到你這句話，我真不知該高興還是不高興。」

小型艦在韓清的駕駛下，很快駛出港口。有奕巳撐著透明的落地窗，看著窗外逐漸變小的首都星。

莫迪教授依舊留在這裡處理後續。想必在幾個月內，中央高層就會清理出一大批被控制者，而北辰的自治請求也會在那之後得到批准。畢竟，有羅曼人的獨立運動在前，中央星系再也沒有心力去應付另一座星系的叛亂。與其走到那一步，還不如答應北辰的自治要求。

說起來，這件事還是多虧了慕梵，要是沒有他那麼早承認羅曼人政權，並出兵攻打新人類聯盟，中央星系這邊也不會在重壓下壯士斷腕，做出這個決策。

有奕巳輕輕歎了口氣，覺得自己欠燈泡王子的人情又多了一份。

「你在想慕梵？」

他扶著窗戶的手一僵，尷尬地轉過身，「不是你想的那樣……」

西里硫斯走了過來，「這有什麼好解釋的，我也經常想到他。」

有奕巳：「……」

「他是鯨鯊，展現過極強的戰鬥力。如果不是有琰炙不在，我真想看看這兄弟兩人究竟是誰更強一點。」

有奕巳悄悄鬆了口氣，原來西里硫斯說的是這個層面的想，他就不該指望這位研究狂人有其他意思。

「說起來，有一點我不明白。西里硫斯，你為什麼要幫助我們找回琰炙師兄？」有奕巳問，「對你來說，他的研究價值不是已經用盡了嗎？」

「用盡？」西里硫斯白了他一眼，「你把科學看成什麼了？得到一百分就可以自滿的考試嗎？研究永遠沒有盡頭，而且有琰炙的價值對我而言，是更特殊的。總之……為了把他帶回來，我會不惜一切。」

有奕巳心裡有些複雜、有些感動，同時又有些擔憂。如果有琰炙回來以後還要成為西里硫斯的實驗品，他真不知道該不該為兄長大人感到欣慰。

「那個……西里硫斯，你就沒有想過研究以外的事情嗎？比如你的家人，一些開心的事，或者別的。」

西里硫斯沉默。

有奕巳連忙道：「抱歉，我不是故意冒犯你的！」

「我沒有家人。」西里硫斯開口，「如果背負上與我相同的姓氏，就意味著走向死亡。我為什麼還要讓他們走上這條路？」他轉眼看向有奕巳，「對於我來說，自己一個人就足夠了，其他的都沒有必要。」

有奕巳看著他，「一個人，不會太寂寞嗎？」

西里硫斯笑了笑，「寂寞和孤獨都是伴生類的感情，對於我來說，既然自始至終都是一個人，那就沒有什麼區別。不過……」他頓了一下，「如果以後真的有人願意陪伴我等待我，那麼，也許到時我就會覺得寂寞了吧。」

無論是等待，還是被等待，漫長的分離都是最孤獨的。

「西里硫斯……唔！」

一陣劇烈的震動將有奕巳震離落地窗，跌坐到幾米之外。而劇震還遠遠沒有停止，頭頂的燈源猝然熄滅，只留下暗紅色的緊急照明急促地閃爍著。

「怎麼回事！」有奕巳扶著牆壁勉強站起身。

「艦體受到攻擊！」西里硫斯比他好不到哪去，額頭砸在牆壁上，流出一絲鮮血。

「我知道，我是問怎麼會有人追蹤上我們！」有奕巳咬牙，「我們的行蹤是保密的，除非有人洩露出去……」難道是文森特背叛了他們，還是莫迪教授被人抓住了？一時之間，有奕巳腦海中跳出無數想法。

「我想都不是……」晃動還在繼續，西里硫斯吃力地彎下腰，撿起一個黑盒子。然而原本密封完好的盒子，此時竟然從內而外散發出猩紅的光芒。

「這裡面的東西，它在與你產生共鳴……不，是與艦外的某個東西共鳴！基因鎖，該死的，那些諾蘭人交給你的是什麼？」西里硫斯發現自己無法打開它，扔給有奕巳。

黑盒子到了有奕巳手中，被他觸碰到開關，啪一聲就打開了。

「這是……」有奕巳想起來，在他離開紫微星的那一天，養父謝長流也曾交給過他一個相似的盒子。那是父親的遺物，鎖住寶物的是有銘齊親自製作的基因鎖，只有相同血脈的人，才能讓它產生反應。

那麼，這個盒子裡裝的究竟是什麼！它又在與誰共鳴！

有奕巳打開盒子，一支閃爍著紅光的透明試管出現在他眼前。裡面充滿著美麗的、有著寶石般光芒的紅色液體，卻帶著不詳之兆。

「血？」

有奕巳睜大眼，下一瞬間，身體裡的血脈好似沸騰起來。

「啊啊啊！」

他痛苦地蜷縮起身體，血管裡好像有上萬隻蟲子在啃噬，讓他痛得在地上翻滾。

「小奕！」西里硫斯抱緊他，焦急道，「該死的，竟然是基因共振！不可能，世上怎麼可能還會有另一個萬星！」

如果真的有，又為什麼要站到敵人那一邊！

一道人影瞬間出現在艦外，隔著幾百米的距離和阻絕一切的宇宙真空，他卻享受般地呼吸著。

「真是懷念，」來人感歎般道，「這種一脈相承的血的味道。」

黑色的眼睛穿透一切，盯著艦內痛苦掙扎的有奕巳，隱約帶著憐憫與歎息。

艾因摘下面具，將自己徹底暴露在宇宙之中。那一瞬間，彷彿若有所感，有奕巳吃力地抬起頭來，望向星空。

「父……親？」

有奕巳看著那張臉，聲音幾乎是顫抖著從喉骨間擠出來。

他曾經無數次見過這張容顏，在學校的歷史課本上、北辰的名人紀念堂裡，在每一張記錄著過去的舊照片裡，但是更多的，卻是在夢裡。有銘齊，啟明星，他有很多的名字，但是對於有奕巳來說，對他的稱呼只有一個——父親。

正是因為世上曾經存在過一個有銘齊，正是因為他和有奕巳一樣背負著萬星的血脈與使命，正是因為這位父親曾經走過他沒有步上的道路、經歷過他沒有經歷的苦難，有奕巳才能在每一次面對困境時，繼續支持自己走下去。

然而，有奕巳做夢也沒有想到，自己竟然會在這樣的場合下見到他。

看著遠處星空中那個黑髮飄逸的人，有奕巳覺得自己有一瞬間，明白了有琰炙的心情。

如果發現欺騙你的不是世界，而是從始至終你最相信最依賴的人，那麼，信念的崩潰也是在所難免，絕望如影隨形。

有奕巳苦笑一聲，收攝心神，旁邊西里硫斯的聲音這才傳進他耳中。

「他是有銘齊？」西里硫斯又驚又怒，「不可能！他不是在卡里蘭星系就已經……」

他的話沒有說完，漂浮在星空中的人影已經一瞬間出現在他們面前，西里硫斯下意識地將有奕巳擋在身後。直到這人出現在和他們同一個空間內，兩人才更明顯地體會到從他身上散發出來的壓迫感。

他像是一個無底的深淵，一片無盡的宇宙，站在他面前，只會讓人從心底產生恐懼。

兩雙黑色的眼睛相互對視，有奕巳發誓，自己從對方眼裡看見了明顯的嘲諷與憐憫。然而他沒有心思去思考對方為何會有這種情緒，眼前這個人的出現，已經足以打斷他的所有思緒。有奕巳張口想要發問，卻發現自己連說話的力氣都沒有了。

「那麼，我們該叫你艾因，還是有銘齊？」

相比之下，西里硫斯比他冷靜得多，在明顯處於劣勢的情況下，他還能鎮定自若地發問。

拖一點時間，只要一點，西里硫斯想，一邊悄悄收緊了右手。

艾因卻不打算與他們敘舊，事實上，他討厭看見任何與萬星有關的人，因為那會讓他想到過去，那可不是什麼美好的回憶。

「神石在哪裡？」他簡單明瞭地開口問。

「神石？」西里硫斯輕笑，「這種東西不是該問新人類聯盟嗎？怎麼，難道你不是他們的人？」

艾因並沒有回答他這個問題，「不要在我面前耍小聰明，我現在沒有耐心。」他輕輕一揚手，西里硫斯便感覺自己被無形的力量擊中，重重摔在身後的金屬牆面上。

「唔咳！」

肉體撞擊的聲音是如此劇烈，甚至讓人懷疑他體內的骨頭是否在撞擊中全部碎裂。

「少將軍！」

察覺異樣的韓清從駕駛室跑過來，看到眼前場景，目眥欲裂，他運起異能衝向背對著他的艾因。艾因頭都沒有回，只是順著之前的動作舉起右臂。

有奕巳的心跳幾乎停止。

「住手！」

在他話音落地的一瞬間，韓清停止在艾因面前半步，而艾因的手離韓清的心臟只有不到一毫米。艾因停頓了一下，放棄戳穿這個人的心臟，而是將人摔倒了另一面牆上。

韓清連悶哼的機會都沒有便癱倒在地，他在艾因面前毫無反擊之力。

目前已經已經損失了兩個戰力，剩下的那一個顯然也不是對手，他們正面臨絕境。

「為什麼？」

有奕巳問。

艾因這才把目光投向他，看著這個和自己有七分相似的年輕臉龐，記憶深處似乎有無數情緒在叫囂著要浮出水面。片刻後，他移開視線。

「為什麼你會出現在這裡！為什麼你要攻擊我們！你是被他們控制了？新人類聯盟的零號實驗體就是你嗎？這到底是怎麼回事？你回答我啊，父親！」

艾因的背影幾乎不引人注意地顫了顫，他閉上眼，將在腦海中翻滾的記憶壓下去，再睜眼時，黑色的眼睛冷漠地望向有奕巳。

「不是所有的事情都有原因。」

「可你明明——！」

「夠了，小奕。」西里硫斯輕咳著說話，「你還不明白嗎？無論有什麼原因，眼前這個人都已經不是有銘齊，不是你父親了。他完全是另一個人，你說再多也沒有用。」

他看見有奕巳痛苦地閉上眼，心裡暗歎，當時的有琰炙，也是因為見到這張面容而悲傷得失去了理智，才做出那種選擇嗎？

「看來你比他更明白。」艾因把目光轉向他，「你們出發去雷文要塞，肯定找到了能夠代替神石的東西來定位有琰炙，把它交出來。」

艾因微微瞇起眼，「不要賣弄你的小聰明。」他抬起手，跌坐在地的韓清頓時痛苦地呻吟起來，他面色蒼白，似乎面對著極大的痛苦，雙眼渾濁迷惘。顯然，他的精神正受人控制。

西里硫斯的臉色暗了暗，「你把他的大腦翻遍了也沒有用，他根本什麼都不知道。」

「但你會因此難受，不是嗎？」艾因微笑，「所以在你交代之前，就讓他來代替你承受痛苦。」

西里硫斯的臉色變得異常蒼白，為艾因的舉動，也為他話裡透露出來的資訊。新人類聯盟，知道的情報遠超出他的想像。

「好。」他低著頭，「我交給你，你放過我們。」

艾因看著他，沒有說話。

西里硫斯貼著牆角，站起身，「我把東西放在另一個房間。小奕，扶我一下。」他悄悄捏了有奕巳的手心一下，抬頭對艾因說：「如果你不放心，可以和我們一起去拿。」

艾因冷笑地看著他，突然將人拽過來，卡住他的脖子將人按在落地窗上。

「他去拿，你留在這。」

「西里硫斯！」有奕巳焦急地喊道。

「咳咳，還愣著……做什麼？快去啊。」西里硫斯的臉色漲紅，沙啞地出聲，「你想看著我們、都死在這裡嗎？」

有奕巳看著西里硫斯，看著躺在地上幾乎沒有氣息的韓清，第一次，被逼迫到絕境得讓他整個人都冰涼起來！

去哪裡拿！寶石一直都在他身上！西里硫斯根本只是想找機會讓他一個人脫身！

可是他走了以後，這兩人必死無疑！他哪能甘心獨自逃脫！

蘭斯洛特說過的話，如鬼魅一般再次浮現在耳邊。

如果某天，有人為了保護你而不得不死在你面前，你又會怎樣呢？

有奕巳眼睛通紅，要讓他踏著這兩人的性命離開，不如賭一把！

「東西在我這！」

他握著胸口的吊墜，「你放開他們！」

「果然是這樣。」

艾因黑色的眼睛看向他，下一秒就撲了過來。

「不要交給他！」

西里硫斯歐斯底里的呼喊還在耳邊，有奕巳已經能看到艾因臉上的睫毛。他深吸一口氣，睜大了眼睛。

下一瞬，周圍的空氣彷彿凝固，耀眼的藍色光芒從有奕巳的胸前綻放。同一時刻，萬星齊耀！星艦外成千上外萬顆星辰，閃耀出璀璨的光輝。

有奕巳能感覺到血脈裡流動的血液，西里硫斯緊張跳動的心臟，韓清微弱的呼吸，還有眼前這個人驟然急促又平復的喘息。

艾因一個錯身，避開藍芒。他穩穩落地，感受到自己的行動變得遲緩。艾因看向有奕巳，不可思議道：「你用萬星的力量來對付我？」

有奕巳勉強支撐著自己不跪倒，強笑道：「你竟然被星辰排斥了，父親。」

他看著處在自己的力場範圍內，明顯受到壓制的男人，苦澀道：「你果然已經……」

「還沒成年的小傢伙，以為這點力量就能對付我嗎？」

艾因憤怒地握緊拳頭，隨著他劇烈掙扎，身上的皮膚逐漸開裂，血絲順著每一個毛孔流了出來，他本人卻豪不在意。艾因的眼睛逐漸變得暗淡，他的身上浮起另一種銀芒。

是鯨鯊的力量！有奕巳不敢置信地看著在重壓之下一步步走近的男人，不明白為什麼「有銘齊」竟然能使用和慕梵相同的能力。

海裔與萬星兩種相互排斥的力量，在狹小的空間內激烈對峙。艾因每走一步，體內流出的血就越多，而有奕巳的狀況顯然比他更差，即便有吊墜的支援，調動萬星的巨大負荷也幾乎讓他的精神世界崩潰。

艾因走到他面前，看著因為堅持不住而跪倒在地的有奕巳。

他冷笑，掐住有奕巳的下巴，冰冷的黑色眼珠看著他。

「既然你和那些討厭的星辰一樣排斥我，那我就不該再讓你活著了。」他的手指，已經戳破了有奕巳心口的皮膚，灼熱的鮮血順著指尖流下。

我就要，死在這裡了嗎？

有奕巳閉上眼。然而等待他的不是死亡，而是被人狠狠撞開的衝擊感。脖子傳來一陣刺痛，似乎有什麼東西被拽下。

他睜開眼！

代替有奕巳的是西里硫斯，他被洞穿的胸口汩汩流出鮮血。西里硫斯手裡拽著吊墜，在艾因反應過來前，將藍寶石狠狠塞進自己的傷口裡。

「你可不能在這個時候死。」他忍痛對有奕巳道，「我還等著，你來帶我回去呢。」

他笑著說話，汩汩而出的鮮血很快將寶石浸透。

「西里硫斯！」

有奕巳驚呼著向他伸出手，然而下一瞬，一個巨大的黑色漩渦以西里硫斯為中心擴散開來，在感覺到那恐怖的黑洞吸力前，有奕巳被一股巨力狠狠推開。

照顧好我的弟弟們。

那是有奕巳聽見的，最後一句話。

當他再睜開眼時，有一瞬間，回想不起自己身在何處。絕望的記憶如同夢魔一般籠罩著他，發生過的事情太過離奇驚悚，他真的希望，那只是一個夢。

「你醒了？」

一個男人從桌前站起身，走到床前端詳他的臉色。那張堅毅英俊的臉龐上又多了幾條皺紋，髮間也添了更多銀絲，但是這並不妨礙有奕巳在第一時間認出他來。

有王耀?!

他張大嘴，這個人怎麼會在這裡?難道自己真的還在做夢?

有王耀看向他，彷彿猜道他心中所想，「這裡是北辰主星，你已經睡了很久。」

「什麼！」

驚訝過度的後果，就是有奕巳差點又弄傷自己。

有王耀把他按下，「你的精神受到過度衝擊，情緒不能太激動。」

「西里硫斯、韓清他們呢?」有奕巳連聲問，「我是怎麼回來的?那個人、那個男人……」

「韓清比你更早康復，西里硫斯下落不明。至於那個男人，如果你問的是艾因的話，他已經離開共和國，目前不知去向。西里硫斯最後引發的時空旋流，應該對他造成了不小的傷害。」有王耀說到這裡，皺眉，「我只是沒想到，你會這麼快就遇見他。」

「你知道？」有奕巳一愣，隨即瞪大眼，「你知道他是誰！」

他激動道：「你早就知道他是我的父親，卻不告訴我！這還是你們計算好的，對不對！在背後操縱一切，是不是很有成就感！」

在憤怒之下，他口不擇言道：「你既然早就知道有銘齊變成了這樣！為什麼不早點跟我說？哈，難道你是害怕我和他一樣叛變？還是害怕萬星的名聲毀了，就沒有可以利用的旗幟！什麼『啟明星』，什麼犧牲，如果人們知道他根本不是什麼英雄，只是背叛我們、利用我們的——」

啪——！

有奕巳摸著自己被打腫的臉頰，回過頭來，怒瞪著有王耀。

「有銘齊你的父親。」有王耀淡淡道，「無論別人怎麼看他，只有你，不能用這樣的語氣說他。」

「難道不是嗎！那個新人類聯盟的走狗，他不配做我的父親！」

有奕巳本以為自己會換來另一巴掌，誰知有王耀卻點頭道：「艾因確實不是你的父親，他不是有銘齊。」

什麼？

剛剛清醒過來，大腦還渾渾噩噩的有奕巳，有些混亂了。有王耀的這句話是什麼意思？然後，這位前任上將在下一秒就點醒了他。

「還記得，你曾經在新人類聯盟基地看到過的東西嗎？」

「……複製人？」有奕巳恍然大悟，「你的意思是，艾因是父親的複製人！」他像是找到了絕望時的唯一浮木，帶著希冀道，「所以你才說他不是我父親，所以他才會站在新人類聯盟那邊。」

有王耀說：「你只說對了一半。」

他像是怕今天透露的消息還不夠震撼一般，繼續道：「不僅艾因是複製人，有銘齊也是複製人，他們都是同一批次的實驗品，是新人類聯盟根據同一組基因培養出來的實驗體。」

「那組基因……」有奕巳想起在有王耀書房看到的那幅肖像，想起有王耀曾經意有所指的話，「是有卯兵?!」

他睜大眼，難以置信道：「新人類聯盟的零號實驗體是有卯兵！」

有王耀點了點頭，「當年，雖然慕焱僥倖逃生，但有卯兵將軍確實葬身在沉默之地了。兩百年前，新人類聯盟取得他的殘骸後，就一直試圖進行複製實驗。直到幾十年前，他們的實驗成功。你的父親有銘齊和艾因，還有其他複製體，一同誕生在這個世上。」

有奕巳花了很多時間，努力消化這個龐大的祕聞，半晌，他愣愣道：「複製?那麼，父親他——」

「有銘齊知道自己是複製體。」有壬耀打斷了他，「早在二十年前，他就知道了這件事，知道自己僅僅是一個人造生命，知道自己是新人類聯盟計畫用來毀滅北辰的棋子，知道自己的出生只不過是他人的一場實驗。他無法使用萬星的力量，因為他本身就不是一個真正的生命體。」

有壬耀的語氣沉重，他看向有奕巳，「一個實驗體，一個棋子。在知道真相後，他本來可以放下一切選擇妥協，或者逃到誰都不知道的地方。但是他沒有，你的父親——有銘齊，他選擇了一個萬星真正該做的事。他掩人耳目尋回慕焱，親自教授他知識，傳授他信仰；他努力整合萬星舊部，支撐當時搖搖欲墜的北辰；他為了解開真相，親赴險境雖死不悔。作為一個人造生命，他選擇了愛與守護，延續了萬星的榮耀。作為一個父親，無論是對琰炙還是對你，他都盡心地保護你們。作為一個戰士，直到戰死的最後一刻，他都沒有向敵人妥協過一次。他活著的每一瞬間，都沒有辜負『啟明星』這個稱號。」

有奕巳的手指漸漸握緊，他聽見有壬耀說：「最重要的是，他與你的母親生下了你，給我們帶來了希望。所以，有奕巳，記住，這世上只有你不能用那種口氣議論有銘齊。不僅僅因為他是你的父親。」

有奕巳紅了眼眶，感覺自己的心好像被撕裂了，痛苦和愧疚啃噬著他。

「我……我不配，我只顧自己的痛苦，被悲傷和憤怒侵占了理智，惡意地評價父親，甚至說出那些話。蘭斯洛特說得對，我只能靠其他人的犧牲來拯救自己，我根本什麼都做不到。我連父親的萬分之一都不如！」

一雙手輕輕按在他的肩上。

「你做的已經夠多了。在看到你站上法庭，拯救第三艦隊的軍人時，我就明白，有銘齊的選擇是正確的。」有王耀放緩了聲音，「你身上流著他的血脈，你和你的父親一樣，都是真正的『萬星』。」

「可是我……」

有王耀搖了搖頭，「你才剛清醒，先別去想這些事。」

有奕巳抬起頭，他聽到這位長輩說：「已經昏睡幾個月了，不想出去散散步嗎？去看看這個你所一手建立的——北辰自治區。」

共和國曆一七七四年，絕對是會被記入史冊的一年。紛繁踏至的亂世徵兆，如同繚繞的烽煙，將這一年與那些史詩中的人物，一同畫上了濃墨重彩。

而對於生活在這個時代中的人們而言，這傳奇的一年才剛剛開始，此時最轟動的消息，莫過於北辰星系的自治。

脫離於中央星系，幾乎自成一個國家的北辰星系。在雙方經過一系列的談判妥協後，北辰星系在一片紛亂中，開始了它獨立的第一步。

身為奠基這一切的核心人物，卻在昏睡中錯過了所有過程，同時錯過的還有他的十八歲生日。

昏睡了好幾個月，有奕巳看著鏡子中的自己，感到十分陌生。他的臉龐已經完全褪去少年時期的稚嫩，輪廓變得深刻而鋒銳、帶著青年的銳氣。頭髮由於長久未打理，長度超過脖子，現在已經能紮成一束了。

與之前最不同的，則是他的眼睛，黑色的眼睛裡彷彿有銀色的星子在跳躍。那似乎已經不是一雙眼眸，而是一片深邃無垠的星空。當有奕巳集中精力去看時，星子們彷彿更歡快地跳躍著。

有奕巳：「……」

這就是萬星成年的標誌嗎？難怪之前說，只要他成年就無法掩飾身分，原來竟然是這樣。現在這副模樣，出門在外太招搖了。

他求助似地望向有王耀。

前上將聳聳肩，「別這麼看著我，偽星家族從來不會出現這種現象，你父親也沒有。似乎只有能夠掌握萬星能力的人，在成年後才會出現這種異狀。」

有奕巳：「有辦法抑制它嗎？」

有王耀：「只能靠你自己。」

有奕巳歎一口氣，穿好衣服，「我想見幾個人。」

「早就準備好了。」有王耀說，「治療小組告訴我們，你最近就會醒來。他們已經在外面等了你一週了。你可以在客廳見到他們。」

「謝謝。」

有奕巳向有王耀告別，推門離開房間。

窗外的陽光十分燦爛，時間似乎是正午。明媚的日光穿透走廊上的空隙灑落在地，帶著柔和的溫度輕撫在他的臉頰上。走廊外是座小型花園，花圃裡應時綻放著不知名的鮮花，路過的風把陣陣幽香帶進他的鼻翼。有奕巳近乎貪婪地感受著暖意，呼吸著芬芳的空氣。

彷彿只有這樣，他才可以擺脫過去的陰霾，真正地融於這全新的天地。

走到客廳時，已經有人坐在沙發上了，陽光從那人身上掃下，落下一個小小的黑影。

有奕巳站住了。

「外婆？」

沙發上的人聽見聲音，轉過身，手裡的針線也停了下來。

有奕巳屏住呼吸。

下一秒，他看見那蒼老的容顏帶著溫暖的笑意朝他綻放。她幾乎是毫不猶豫地，就像上次相遇時一樣，慈愛地招呼他。

「要吃甜餅嗎，小茉莉？」

淚水湧眶而出，再也止不住。

一身的傷痛與委屈，直到這一刻才徹底釋放出來。

有奕巳撲在老人懷裡，嚎啕大哭。

第五十四章　冥冥昭昭（二）

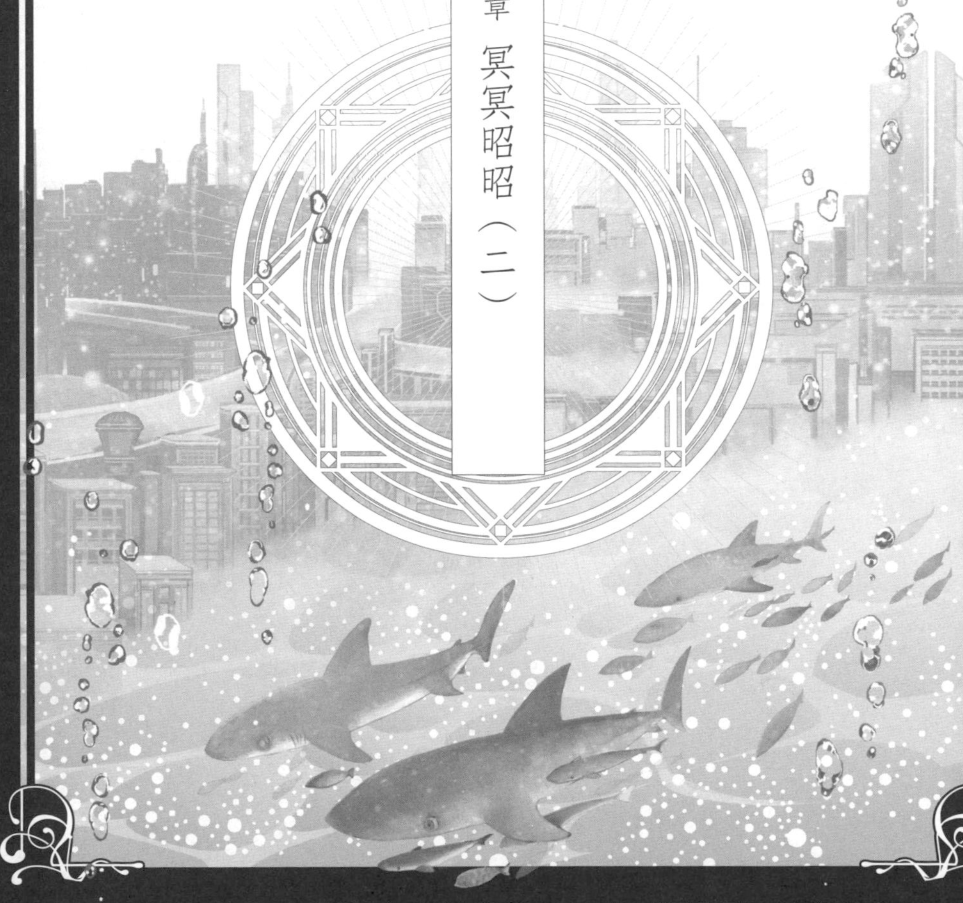

CHIEF PROSECUTOR OF THE GALAXY

「快，快點走！」

沈彥文喘著氣道：「你們幾個，跑那麼慢，腿上是長蘑菇了嗎？」

齊修不緊不慢地跟在他身後，「既然已經醒了，人又不會跑掉。」

衛瑛也點了點頭。

「真是的，難道你們一點都不擔心嗎！三個月，他整整睡了三個月耶！」沈彥文著急道，「有王耀那個老頭子一直不准我們去見他，我都不知道小奕現在怎麼樣了。」

韓清握著拳，「我也很想見到少將軍，我……上次沒有保護好他。」

齊修在他肩頭重重拍了一拳，「這不全是你的責任。走吧。」

幾人走過長長的迴廊，直到站在客廳門前，意識到自己就要見到幾個月來心心念念的人時，卻都不由得有些緊張。最後，還是齊修走前一步，輕輕轉開門把。

「打擾了，我們……」

他的話窒在喉中，推開門的右手僵住了，只能定定地望著前方。

那個纖瘦的人影背對著他們站在落地窗前，長髮整齊地束著，隨著風隨意晃動，只能看見側臉上隱約抿緊的嘴角，似乎正在為什麼憂慮著。聽到聲音，窗前的人回過頭，在看到他們後，那仿若星辰的眼眸瞬間亮起，臉上浮現一絲笑容。

「你們來了。」

這是有奕巳，卻不再是過去的那個有奕巳。只不過幾個月不見，為什麼讓他們覺得好像變了一個人。

沈彥文愣了好一會，才猛地撲上去。

「你這傢伙，你這傢伙！知不知道我們有多擔心！」

有奕巳被他撲得往後一倒，差點摔到外面的花圃裡去。

「突然就失去消息！好不容易找到人，卻還昏迷不醒！你不知道這幾個月發生了多少事，大家有多擔心你！」沈彥文哇哇叫著。

有奕巳苦笑，只能任由他掛在身上，「抱歉，是我不好。」

「你對他道什麼歉。」齊修把人從他身上扯下來，「發生的都是意外，你能平安就再好不過了。」

「嗯。」

「少、少將軍……我……」韓清低著頭，一直不敢直視有奕巳的眼睛。作為當時在場的唯一一名騎士，卻讓有奕巳身處險境，他一直覺得是自己的失職。

「你的傷已經好了嗎，韓清？」有奕巳主動問他。

「那、那個！我已經沒事了。」韓清受寵若驚道。

「那就好。」有奕巳點點頭，扶著沙發的椅背，看向眾人，「今天喊大家來，只有一個目的。」

他背對著光源，臉頰藏在一片陰影之中。

「請你們把這幾個月發生的事，全部告訴我。」

事情還要從有奕巳他們被艾因夜襲開始說起。

當時西里硫斯引發的時空旋渦造成的巨大能量，引起了附近監控部隊的注意，而值得慶倖的是，當時在附近巡邏的正是北辰的第四艦隊。他們搜救到有奕巳和韓清後，自然是第一時間報告主星，將兩人送了回來，全力救治。有奕巳昏迷的消息也才因此沒有被傳播出去，否則，恐怕這次的自治談判就不會這麼容易成功了。

自從正式自治後，北辰星系的軍務及政務均經過了一系列的調動，現在剛剛步入正軌。軍事上，繼續由有王耀負責最高指揮權，而自治星系的政治權力則由幾大世家暫代領。

然而，整個北辰都知道，無論現在統領他們的是誰，他們心中真正的領袖只有一個——這個人才剛蘇醒。

「小奕現在是我們核心人物，你要是出了事，大家都會很慌張。」沈彥文說，「所以前幾個月只能對外宣布你在閉關練習。不過，你再繼續不露面，恐怕有心人就要開始懷疑了。」

齊修補充道：「除此以外，其他的事情倒還在掌控中。第三艦隊已經重新恢復了編制，衛止江少將繼續擔任指揮官。在你醒來之前，衛瑛也已經在第三艦隊領了軍職。」

「新人類聯盟呢？他們應該知道我受了傷，就沒有趁機行動？」有奕巳問，「還有克利斯蒂師兄，難道他還在楊卓他們那裡？新人類聯盟對羅曼人的攻擊還沒結束？」

最關鍵的是，有奕巳想問的是慕梵。自己昏睡幾個月，好不容易醒來，這位鯨鯊王子卻連面都沒露一個，甚至連消息都沒有。有奕巳想，這不符合燈泡的作風，他難道不是死纏爛打類型的嗎？難道是慕梵終於想開，移情別戀了！莫名地有些不爽。

「這個……」幾個人對視一眼，有些不知該怎麼開口。

有奕巳眉毛一挑，「一切都在掌控之中？不要安慰我了，有壞消息就直說吧，我能承受。」

「事實上，從一個月前開始——」齊修斟酌著開口，「我們就收不到克利斯蒂師兄的消息。而當時，他們正被新人類聯盟圍攻。」

有奕巳腳下一晃，面露詫異：「一個月！難道你們就沒有派兵支援嗎？」

「最先失去消息的是楊卓他們所在的核心區域，發現與他們失聯後，在附近守備的奧茲家族第一時間就派人去了。但是，隨後我們也失去了奧茲家族的消息。直到這個月，與新人類聯盟對戰的整個星域，都無法與外界取得聯繫。」齊修說，「除了我們的人以外，還有一支艦隊也失去了聯繫。」

有奕巳抬眸看他，「你指的那支艦隊不會是——」

「就是慕梵率領的帝國艦隊。」

轟隆隆！

已經分不清是第幾聲炸響，星球表面早已沒有完整的建築物，哪怕躲在地下，也隨時都能感受到從外面傳來的震動。

「又來了。」

一名帝國士兵啐了一口：「這是今天第幾波攻擊了？那群怪物，就不知道休息嗎！」

「他們是改造人啊！不知道痛也不知道疲憊，可怕的傢伙。」同伴掏出一份乾糧，「再這樣下去，我們可支撐不了多久。」

「呿，偏偏被困在這顆乾旱星球上！要是能讓老子變身，老子一下子就能壓死他們！」

「你們幾個偷什麼懶，還不快檢查掩體！」兩人被巡邏的軍官呵斥了一句，很快就收起抱怨，投入到任務中。

一旁，隨同巡視的梅德利推了下眼鏡，將士兵們的狀態收入眼底。當他回到指揮總部的時候，他做的第一件事，就是去找整個戰場的最高領導人慕梵彙報。

「殿下！士兵們的士氣已經低到谷底了，再這樣下去，我怕我們會不戰自敗！」書記官焦急道，「新人類聯盟把我們困在這個荒星上，沒有資源，又嚴重缺水，我們的戰鬥力和意志都受到極大的折損！」

身為海洋種族，普通海裔在乾旱環境中待久了，身心狀態就會持續下滑。梅德利說得沒錯，哪怕敵人不來攻擊，單單是缺水這一個條件，就足以讓帝國的戰士走向絕路。

坐在辦公桌後方的男人放下翹在桌上的長腿，纖長有力的手指握住自己的劍柄。

「我知道。」他用低沉的聲音道，「但不僅僅是我們，他們也是這麼想的。一旦我們此時出擊，就正中新人類聯盟的計策，被他們一網打盡。」

「那我們也不能……」

慕梵打斷他：「今晚午夜，派出第一分隊偷襲敵方的攻擊部隊。為我爭取時間，我會解決這一切。」

「殿下。」梅德利吃驚道，「難道您是要——」

在現在這種情況下，只有鯨鯊出身的慕梵可以不受環境影響變身。而他一旦變身，對於帝國來說就是最強的戰力。然而，聽到慕梵決策的書記官卻沒有露出喜色，反而更加焦慮起來。

「不行，絕對不行！您一旦變身的話，那些傢伙，那些複製體就會如跗骨之蛆纏上來！到時候即便是您也……」

新人類聯盟用慕梵的基因製作的複製體，就是這次戰爭中，所有人都沒有想到的祕密武器。這些複製體不僅保留了慕梵人形時超強的身體機能，最關鍵的是他們與慕梵之間還有某種切不斷的聯繫。

這種聯繫，以某種令人膽寒的方式發揮著功效。一旦慕梵變身為鯨鯊，這些複製體也能獲得同樣的能力！即便他們變身後的實力依舊不如慕梵，體型也遠遠沒有真正的鯨鯊那麼可怕，只能說是劣質的翻版。可是，當幾百隻翻版鯨鯊出現在宇宙中，那會是多麼恐怖的事情。此時，即便是慕梵也沒法對付這麼多的翻版鯨鯊。蟻多咬死象，不就是這個道理嗎！

帝國的艦隊之所以落到如今的處境，也在於他們與這些複製體第一次交鋒時，徹底體驗了一次這種恐怖的經歷。

「梅德利。」慕梵淡淡笑道，「即便是我也沒有想到新人類聯盟會有這一招，但是這也不是什麼壞事。」

「我該感謝他們。」慕梵露出尖牙，森然笑道，「給了我一個打敗自己的機會。」

有王耀看著站在自己面前的青年。

和第一次見面時相比，他已經變了太多，無論是容貌還是精神方面。如果說以前的青年還只是一隻幼獅，必須使勁咆哮來彰顯自己的存在感的話，那麼眼前的這隻剛剛成長的雄獅，已經無需費力，就可以向所有人宣示自己的威嚴。

當那雙眼不帶感情地瞪著你時候，即便是再老練的軍人，也會從心底感到畏懼。

但即便如此，有王耀還是冷冷地回了他一句。

「不准。」現北辰自治區軍隊最高指揮官道，「在外面局勢平靜下來之前，我不會允許你離開北辰主星半步。」

有奕巳對他的拒絕一點都不意外，事實上，若他此時處在和有王耀相同的位置，他也會做出一樣的決定。畢竟，對於北辰來說，萬星是十分具有象徵意義的精神支柱，寧願把他封鎖在安全的大後方，也不會輕易將他派到前線。

雖然這麼想，但是有奕巳早就準備好說服對方的理由。

「平靜。上將，不，總指揮閣下，您認為現在的局勢算是平靜嗎？什麼時候才會平息？」有奕巳道，「我們雖然取得了階段性的成果，但是中央星系一直在旁虎視眈眈，雷文要塞還未恢復。這時候如果再發生什麼意外，隨時都可能全域翻盤。」他看向有王耀，

「而新人類聯盟與羅曼人的戰場，就是這個意外。」

「交戰的星系比鄰北辰，一旦羅曼人被攻破，到時候我們就是新人類聯盟的下一個目標。恕我直言，這個時候比起作壁上觀，趁新人類聯盟還沒有發展壯大，與羅曼人一起將他們擊潰才是最好的做法。」

有王耀聽著他慷慨激昂的陳詞，淡淡地點了點頭。「我也是這麼想，北辰會派援軍前去，但你不能去。」

「……」有奕巳差點被他氣出一口老血來，「老是把我關在家裡，根本沒有用處好嗎！我和新人類聯盟正面交鋒過很多次，沒有人——」

「沒有人比你更重要。」有王耀打斷他，「對於北辰來說，只有這一個事實。」

鐵面無私的總指揮官道：「戰士們可以前赴後繼地奔向戰場，指揮官也隨時都可替換。對於目前的北辰來說，每一個位置上的人都有他們各自的作用，但同時也沒有誰是不可替代的。作為這龐大機器上的零件，我們隨時都可以被新的零件替換，但是只有你，作為核心的萬星，是我們不可或缺的存在。」

「在你擁有足夠保護自己的能力前，我不會讓你離開北辰半步。」有王耀丟下這句話就轉身離開。

在他身後，有奕巳深吸一口氣。

「如果我有足夠自保的能力呢？」

有王耀聞言回頭，望進那雙星光閃耀的黑眸中，他聽見有奕巳一字一句道：「如果我能證明這一點，請讓我去前線，總指揮官閣下！」

有奕巳離開有王耀的辦公室時，心裡還有些堵得慌。他不喜歡這種被人當做花瓶保護的感覺，但偏偏有王耀的話他也無法反駁。事已至此，除了向這位頑固的指揮官證明他的決心和能力之外，似乎也沒有別的辦法了。

通訊器響了起來。

怎麼樣？

齊修傳訊問。

正如之前所料，還要進一步爭取。

有奕巳回傳後，目光停留在連絡人列表最上面的一個人名上。通訊器上顯示，這個人最新的一通未接通訊是在兩個半月之前。在那之後，就再也沒有任何消息。

慕梵。

有奕巳的指尖在那兩個字上一劃而過。

你可不要敗在區區新人類聯盟手裡，而我也不會在這裡退縮！

他抬起頭，迎著窗外刺目的陽光，踏向前方。

北辰星系安靜了幾個月後，終於又有了一次大動作。北辰軍校向中央星系提出要求，要為該校一名在讀學生申請見習檢察官資格！

所謂見習檢察官，是專門發放給各大軍校精英學員的榮譽資格，獲得這個名號，就意味著這名學員已經擁有了和正式檢察官比肩的能力，同時也就擁有可以進入軍隊或司法部門實習的資格。

通常來說，星法學院的學生只有在畢業後通過三年實習，才能成為准檢察官，之後要再經過兩年的考驗，才能轉正。而在畢業前就獲得見習檢察官資格的學生，只要經過一年的實踐，就可以成為正式檢察官——可謂是一步登天！

對於任何一名以首席檢察官為最高目標的人來說，這都是一塊最好的踏腳石。

然而，象徵著精英名號的見習檢察官資格，也不是那麼好得到的。首先，申請者對星法典的掌握必須爐火純青，才能通過難度十分高的筆試；其次，申請者的異能等級必須達到乾階，十八歲就達到這個等級可謂是萬裡挑一；最後最關鍵的一點，即便你通過了重重測試獲得了見習資格，在之後一年的實踐中，如果沒有達到實踐要求，也會被剝奪名號，無法轉正。

而實踐的要求是——抓捕三名以上特級通緝犯，或立一等功一次！

這可是大部分正式檢察官耗盡一生都無法達到的條件，可見，捷徑也不是什麼人都可以走的。

正因此，這一次北辰軍校向中央提出資格申請，不得不說是震驚了所有人。所有人都知道，北辰有能力申請見習資格的人只有一個，那就是「萬星」有奕巳！

當月底，中央星系特別考察團抵達北辰主星，開始對這位申請者進行測試。此時，有奕巳已經將近半年沒有出現在人前。

「小奕，考試別緊張！」沈彥文拍著他的手臂，「拿出你當年入學測試拿滿分的氣勢來！」

「不是滿分，還差一分。」齊修吐槽道。

「你這傢伙是什麼意思，漲他人志氣滅自己威風嗎？」沈彥文對著他吹鬍子瞪眼，「我就知道你的心不在這裡，是不是還心心念念留在中央星系的沃倫·哈默？」

「沃倫也是北辰的學生。」齊修翻了個白眼，「還有某人有空在這裡說我，不如趕緊提升自己。小奕都已經申請見習資格了，下半年的畢業實習，你可別拖後腿。」

已經升上四年級的沈彥文，最近一直在為畢業和實習的事情煩惱，齊修的話正中他的軟肋。

「好了，你們兩個。」有奕巳無奈地看著他們，「感情明明這麼好，為什麼每天都要吵架？」

「誰和他感情好！」

齊修：「呵呵。」

見狀，有奕巳只能苦笑。

這時，韓清走了過來。

「少將軍，中央星系派來的考官已經在會議室等您。」

「我這就去。對了，韓清，你最近還有和韓漣聯絡嗎？」有奕巳問。

「偶爾吧。」

「你們……算了。」有奕巳笑著看他，「好好努力，我等著你申請成為我守護騎士的那天。」

韓清激動地應道：「是！少將軍！」

一旁，沈彥文和齊修偷偷議論著。

「怎麼覺得小奕最近對這傢伙越來越好了？他真的會成為小奕的守護騎士嗎？這是第幾個了？你們真可以組一支騎士團了。」

齊修冷哼一聲，斜睨著韓清，「他還嫩著。」

兩人不懷好意地看著韓清，把可憐的候補騎士嚇出了一身冷汗。

而這些事，有奕巳都不知道。他正走向自己親手打開的一扇大門，通過這扇門，他就會離目標更近一些！

走到考試房間門口，有奕巳深呼吸，閉上眼睛。

那個萬星好像才剛滿十八歲吧，比當年的有銘齊還年輕。

這就申請見習資格考試了，簡直是個怪物。

哼，就怕他眼高手低，最後變成笑話。

他們北辰跋扈慣了，這次不讓他們嘗點苦頭，還真以為我們是軟柿子……

談話和心聲毫無遮擋地傳入有奕巳腦中，他睜開眼，黑眸中閃過一道流光。

下一秒，有奕巳帶著笑意，推開了眼前的門。

「打擾了，我來參加考試。」

坐在室內的考官們驟然停下議論，齊齊向門口看去。

出現在他們視野內的，是一個帶著自信笑容的黑髮青年。他眼中的銳利光芒，彷彿可以破開一切荊棘。那目光刺痛了他們的自尊。

一個考官看了幾個同事一眼，微笑道：「有奕巳同學是吧？請坐下，考試馬上開始。」

見習檢察官考試，正式開始。

這一天，有人正在黑暗的宇宙中浴血廝殺，有人坐在明亮的考場內為未來拚搏，而他們共同的目標只有一個——

衝破阻礙，為自己贏得勝利！

北辰星系，北辰主星。

對於這顆星球上的所有人而言，今天都是個特殊的日子。

從早上開始，無論是一般市民還是軍隊官員，在工作之餘的第一件事，就是關注星腦的最新消息。每當彈出一條新的即時新聞，他們總忍不住馬上點開，然後又失落地垂下眼眸。

他們等待的那個消息，遲遲沒有音訊。

北辰軍校。

去年九月剛剛入學的一年級生，正在為他們第一學期的期末考試做準備。而正在籌備實習的四年級生們，也即將開始他們的畢業選題。然而此時，無論是新生還是舊生，他們的心思都明顯不在課堂上。

一上午的時間熬了過去，好不容易熬到下課，教室裡的少年少女一窩蜂地湧了出去。

「怎麼樣，怎麼樣，有消息了嗎！」

「還沒有！」

「哎，好緊張，不會是失敗了吧……」

「去你的烏鴉嘴，不會發生那種事的。」

看著年輕而又富有朝氣的少年少女飛奔著離開教室，芙羅拉有些無奈地道：「我的課有那麼無聊嗎？」

「對於年輕的小傢伙來說，你那些平白講述，確實是沒什麼意思。」有人從門口走了進來，嘲笑道，「不過我想，今天他們心不在焉的原因可不是在你。」

「艾蒙？」芙羅拉這才注意到穿著訓練服走進來的守護學院教官。

艾蒙對他眨了眨眼，「不要忘記今天是什麼日子。」他倚在窗邊，借著高度，看著外面那些明顯躁動的少年們，笑道，「今天，可是那位第二次測試的日子。」

前上將軍宅邸，現北辰自治區最高軍事指揮官的住處。

坐在辦公桌前的男人從一堆檔中抽出身來，摩娑著指尖，突然開口。

「現在是什麼時間？」

有王耀問自己的屬下。

「午時，離您的休息時間還有一刻，長官。」副官盡職道。

「咳，我是問，今天就沒有什麼消息？」

副官忍笑，看著明顯很在意，卻還要假裝漠不關心的長官，出聲道：「第二項測試應該還沒有結束，如果有的話，第一時間就會……」

「長官！」

正說話間，有人顧不得禮數，推開書房門闖了進來，氣喘吁吁道：「測試結束了——」

有王耀瞬間站起身，目光灼灼地看著他，屏息等待結果。

同一時間，與書房相距半個宅邸的花園內，一個老人正低頭擺弄著鮮花。她突然聽到身後傳來聲響，抬起頭，看見了來人。

老人笑瞇瞇地問：「哎呀，是考試結束了嗎，小茉莉？」

「是的。」

從房檐的陰影走入陽光下的高挑青年笑著回答：「考試結束了，外婆。」

幾乎就在同一刻，北辰千萬個心緒難安的人民，都收到了星腦傳來的最新新聞。

見習檢察官第二項異能測試結束。

測試結果：達到乾級異能，予以通過！

包括第一項筆試在內，學員已經完成所有測試，成績合格。

在此，授予有奕巳見習檢察官頭銜！

山呼海嘯般的歡聲，在北辰星系每個角落響起！有人歡呼雀躍，有人感慨落淚，這麼久以來籠罩在頭頂的陰霾，彷彿在這一刻一掃而光。

而此時，事件的當事人，正坐在陽光燦爛的小花園裡，吃著外婆親手烤的甜餅。

喀嚓一聲，有奕巳咬斷餅乾，得意洋洋地想，看現在誰還敢攔他去前線。

書房內，有王耀歎了口氣，「還是攔不住他嗎？」

副官看著他臉上的憂色，寬慰道，「既然註定是一隻雄獅，就不可能永遠被我們保護在囚籠裡。您還不明白這個道理嗎？」

「是啊，我早該明白。」有王耀心想，真正屬於這片星空的萬星，他是永遠攔不下的。

共和國曆一七七四年，北辰自治區建立第一年。萬星後裔有奕巳獲得見習檢察官頭銜，議長巴爾默親自前往北辰授予榮譽勳章。這份榮耀，史無前例。

在破格獲銜的第二日，北辰星系總指揮官宣布，將由衛止江親率第三艦隊，前往左旋星系剿滅新人類聯盟餘孽。而隨行名單中，一個人的名字格外引人注目——見習檢察官有奕巳。

而此時，受困於新人類聯盟陷阱中的慕梵，對這些還一無所知。在北辰第三艦隊出發的那日，他的反擊才剛剛開始。

「右翼部隊，注意突破！」

「擋住第一波攻擊，占領他們的防線。」

「搶下制空權，替我方搶下航線！」

梅德利作為代指揮官，負責統領全軍，他看著蟄伏多日的帝國士兵們拚著一口氣，一點一點地奪下對方的防線，心裡卻一點都沒有放鬆。因為他知道，新人類聯盟的武器，可不只這些改造人而已！

果然，帝國軍占優勢沒多久，荒星上空突然出現數百個銀色身影，而幾乎就在同時，梅德利的通訊頻道中傳來一個冷漠的聲音。

「讓前翼部隊撤退。」

「殿下！」

「我會控制身形不變得過大，但是前翼軍太靠近會影響我作戰。」

「是的！可是您……」

「不要讓我重複第二次。」

慕梵不給他質疑的機會，掛斷了通訊，梅德利咬咬牙，對一旁的軍官下令：「通知前翼後退！」

「是！」

感謝帝國的專制體系，對於長官這條明顯有些詭異的命令，軍官毫不質疑地接受了。看著正在慢慢撤退的前翼部隊，梅德利苦笑一聲。有時候當一個不用動腦的低級士兵，也是一件幸福的事啊。

「看上面，那是——！」

旁邊人的驚呼喚回了他的神智，當梅德利看到那個突然出現在空中的銀色鯨鯊時，他知道，屬於慕梵的戰鬥，開始了。

世界上最難纏的對手是什麼？是永遠打不敗的敵人，還是知己知彼的難纏傢伙？

如果有這兩者兼具的對手，那簡直就是惡夢！

慕梵現在就在和這些惡夢對戰。顧及到還在星球上帝國士兵，他這一次的鯨鯊形態沒有變得太大。而同樣的，複製體們效仿的能力也受到了限制。如果說現在慕梵的身形只相當於一艘旗艦大小的話，那其他翻版鯨鯊就只有一艘穿梭艦那麼大。

但是對方可是有整整上百人！

在地面作戰部隊看來，此時天空中的戰鬥，就是一隻凶猛怪物受到了一群野獸的圍攻。看著那些密密麻麻的身影狠狠撕咬著鯨鯊巨大的身軀，帝國士兵都不禁為他們殿下倒吸一口冷氣。

書記官憂心忡忡地看著這場外人無法插手的戰鬥。殿下，不會有事吧……可笑！

原形狀態的慕梵露出尖牙，狠狠撕碎一隻仿冒品的身軀，一口把對方的血肉吞下。

我怎麼會被這些冒牌貨打敗！

他這生猛的攻勢，一時之間不只威懾住了對方，甚至連自己人也愣住了。

梅德利：「鯨……鯨鯊果然是肉食動物啊。」

面對源源不斷的敵人，慕梵深知要打敗對方的最好方法，就是消滅他們的有生力量。

作為鯨鯊，他深知自己的恢復能力有多麼恐怖，再大的傷口只要給他幾分鐘就能恢復。而鯨鯊皮糙肉厚，敵軍的武器根本無法擊穿他的外皮。

但他有的這些優勢，這些複製體同樣具備。比起慕梵，這些傢伙更恐怖的一點是，即便複製體死亡，只要屍體還在，就能被其他複製體吸收利用，強大自己。

所以，為了徹底消滅這些冒牌貨，除了把他們生吞下去，就沒有別的辦法了。

殺死還不夠，吃掉才是最好的方法！哪怕理智知道這一點，但是要將長得和自己一模一樣的傢伙吃下肚，一般人心裡都會無法接受。

但是慕梵卻毫無顧忌，只要被他找到破綻，一口一隻，甚至一口一打，他吞起自己的複製體來一點心理陰影都沒有。不僅如此，他還吃得很開心。

讓你們頂著和本殿下一樣的臉，看著就氣！慕梵狠狠咬牙，鯨鯊黑色的圓眼裡滿是殺氣。

「看來，我們似乎不需要擔心殿下了。」一名副指揮官道。

梅德利麻木地點了點頭。空中的戰鬥取得優勢，地面上的其他部隊很快也占據高地，新人類聯盟的改造人節節敗退。

「奇怪。」一名指揮官道，「形勢這麼順利，為什麼我卻覺得不太安心。」

「前兩天他們的反擊可沒有這麼無力。」

聽著指揮們的議論，梅德利的眼中也染上了一層陰影。

真相很快就暴露在他們面前。

一道紅色光束穿破大氣層，瞬間擊中了幾隻複製體，擦著慕梵的身軀過去。接著，幾艘通體漆黑，在艦尾上銘刻著十字星芒的星艦，出現在帝國軍的視野中。

「呿。」比大部隊早出發幾天，提前抵達交戰區域的容泫不耐煩地嘖了聲，「沒打中。」

慕梵看著那道幾乎擦中自己的毀滅光束，瞇起圓眼。

「北辰艦隊。」

鯨鯊的目光穿透雲層，與旗艦裡的容泫對上。

容泫：我討厭鯨鯊。

慕梵：我討厭騎士。

相看兩厭，而此時，卻不得不並肩戰鬥。

作為先遣部隊，容泫帶領戰艦駛入這片區域的時候，就注意到了荒星上的戰鬥。在發現交戰的兩方是帝國軍和新人類聯盟，並且局勢正處於膠著後，容泫第一時間就下令讓艦隊前去支援。

目前他已經是少校軍銜，能指揮的戰艦在七艘以下——一支偵察連的規模，戰力實在不能說是多。但是以當時容泫的判斷，要打亂局勢，這點力量足以。

事實上，由於他們的介入，戰局確實向帝國軍傾斜。在這支偵察艦隊加入戰鬥後沒多久，殘存的新人類聯盟空中部隊就紛紛撤去，地面部隊則被徹底放棄。

慕梵變回人形，瞬間出現在北辰艦隊的指揮室內。他先是環顧一圈，理所當然地沒有看到期望中的人影。

他嘀咕：「只有這麼點人。」

「正是這麼點人，剛剛將您從包圍中解救了出來，王子殿下。」容浤嗆他。

慕梵不理會他的挑釁，道：「這座星系已經全部被新人類聯盟控制，如果你們只有這些人手，再繼續深入下去，別說是救人，連自身都難保。」

容浤笑道：「有殿下這樣的前車之鑒，我們當然不會如此魯莽。你放心，我所率領的只是先遣分隊，大部隊之後就到。」

慕梵的眼睛亮了亮，「他也來了？」

「我可不知道您指的是哪位。」容浤故意賣弄玄虛。

慕梵不快地挑了挑眉，正要說些什麼，就接到了梅德利的通訊。

「殿下，我們已經攻下航道，是否現在就起飛？」

帝國軍被困在這顆荒星上已經數月了，所有人都受夠了被人壓著打的感覺，他們迫不及待地想離開這顆星球，重返宇宙。

慕梵卻沒有第一時間做決定，他看向容浤，「你們進來的時候，沒有受到攻擊？」

「一路通行，完全沒有阻礙。」容浤也皺眉，「事實上，我都懷疑自己是不是飛錯了星系。」

情況果然不對，慕梵準備下令，讓帝國軍稍作休整再考慮返回太空。可是很快，他又收到了書記官的第二條訊息。

「殿下！殘存的改造人引發了自爆裝置，這顆星球即將被毀滅！」

「立刻帶所有人登陸星艦，準備進入宇宙！」

慕梵咬牙，沒有別的選擇了。

當停歇在掩體下的帝國軍艦紛紛升空，從地面起飛，再穿過大氣層駛入宇宙時，這顆纏困了他們多日的星球，在巨大的轟鳴聲中被撕裂成碎片。

眾人在太空中，親眼看著星球步向死亡，裂紋逐漸遍布表面，熔漿從星球內核迸發出來，直到最後化為宇宙塵埃。

慕梵的臉色越來越難看。

他已經回到了帝國艦隊的旗艦上，梅德利站在他身後。

「我不明白。」書記官道，「如果他們有這樣的手段，為何之前一直都不使用，而非要和我們纏鬥。」

慕梵抬起眼，看著天邊逐漸亮起的光芒。

「你不明白的問題，很快就會有答案了。」

複製體們再次聚集而來，而這一次，數目比上回只多不少！

作為北辰艦隊的先遣部隊，容浤一樣陷入了包圍之中。

「該死的。」他氣悶道，「我就知道和這倒楣王子在一起，就沒什麼好事。」

「比起抱怨，不如趕快想一想怎麼脫困。」慕梵神不知鬼不覺地再次出現在他們的指揮室，「你之前說，你們的大部隊還有多久才來？」

容浤翻了個白眼，「最快也在一天之後。」

「很好，情況比我預料的好很多。」鯨鯊王子瞇起眼，銀色的微光從他細滑的髮絲上滲透出來，「堅持一天，完全不是什麼問題。」

就在他說完話的下一秒，容泫就見他化作一道銀芒飛出星艦，隨即出現在所有人視線內的，是一隻連尾鰭都足以遮蔽大半個星空的龐然大物。

感受著自己在鯨鯊面前就猶如一粒塵埃，容泫再次抱怨：「所以我討厭鯨鯊。」

同一瞬間，因為受到本體的影響，複製體們也開始變身，他們化形的仿冒鯨鯊，比之前在荒星上時大了數倍。眨眼間，這片宇宙就奇跡般地充滿了上百隻銀色怪物。

毫不知情的容泫目瞪口呆地看著這一切，與此同時，他才收到慕梵姍姍來遲的通知。

「忘記告訴你們，這些複製體受我影響也會變強。可別不小心被砸死了。」

容泫立刻指揮先遣隊退開這非人生物的戰鬥區域，咬牙切齒道：「慕梵！」

從今天開始，容泫決定加入「萬星親衛隊」成為資深會員，堅決不讓慕梵再靠近北辰一步！

「啊嚏！」

站在桌前的人突然大大打了個噴嚏，很快就有人關心地詢問。

「你不會感冒了吧，檢察官閣下。」

有奕巳揉了揉鼻子，「一般這種情況下，我都有不好的預感。」

他抬起頭，注意到對面那人詫異的眼神，笑了笑，「只是小事而已。我們已經行駛到哪個區了，少將大人？」

「正在跨越比鄰星道，即將進入左旋星系。」衛止江指著星圖，「而一天之前，先遣部隊發回最後一條消息，就再也沒有音訊。我們要做好一進入星系就開始戰鬥的準備。」

有奕巳點了點頭，「如果需要我出動，請您直接下令。」

衛止江笑道：「你的存在，對於士兵們就是最大的鼓舞。就連這個之前軍官們不願意來的指揮室，現在每天都有人排著隊要來彙報情況呢。」

有奕巳有些困窘道：「他們只是一時好奇而已。」

「可不只是好奇。」衛止江說，「除了你父親以外，你是第一個出現在我們面前的萬星。」

「少將大人見過我父親嗎？」

「一面之緣。那時候我還沒從軍校畢業，無法跟隨在他的身邊。」衛止江感慨道，「而當我畢業時，他已經……抱歉。」他意識到自己提起了有奕巳的傷心事。

有奕巳微微一笑，「父親為了他的理想獻身，這不是不能提起的事，而是我的榮耀。我以他為豪。」

衛止江看著這個年齡還不到自己一半的青年，感歎：「你做的並不比你父親差。說來也神奇，萬星的血脈，似乎從來只誕生像你們這樣出色優秀的人物，這是上天的眷顧嗎？」

出色？優秀？

有奕巳的黑眸暗了暗，那可未必。流著同樣的鮮血，有的人卻在為惡魔效力。他想起艾因，低頭看著自己的手心，不知道自己現在對上那個傢伙，有幾分勝算？

「上將大人！」偵查員彙報，「前方檢測到強大的能量波動，可能是一處戰場！」

「放出探測器，監控前方情況！」

無人探測艦很快被放了出去，而幾分鐘後，當他們收到無人機回傳的影像時，都不由自主地張大嘴。

「這怎麼可能！」

衛止江看著滿螢幕幾乎充斥了整個星域的銀色巨獸，驚呼：「怎們會有這麼多的鯨鯊！」

有奕巳卻瞭解內幕，站了起來，「恐怕這些不全都是鯨鯊，大人。」

他走到螢幕前，看著被眾多「鯨鯊」包圍撕咬，圍困在最裡面的那一隻，目光轉柔。

「這裡真正的海之寵兒，只有一個。」

衛止江聽他說完複製體的存在，臉色稍緩。

有奕巳敏銳地判斷道：「據我觀察，這些仿體的力量並不如真正的鯨鯊。以我們艦隊搭載的武器，還有機甲戰隊的戰力，要與牠們戰鬥並不是不可能。」

「即便如此。」衛止江道，「他們的數量太多，又聚集在一塊，我們也難以下手。」

有奕巳瞇了瞇眼，開口：「我有一個建議——」

左肩又是一陣劇痛，慕梵回過身去，把那挑釁的傢伙撕碎，囫圇兩口吞吃入腹。在他周圍滿是殘骸血肉，為了保存力量，帝國軍和容泫他們早就退到戰鬥圈邊緣，孤軍作戰的只剩下他一個。

整整一天一夜，宇宙裡沒有晝夜的概念，時間卻照樣流逝。他感覺到自己的傷口越來越多，而複製體卻源源不斷地湧上來，甚至隨著戰鬥越久，他們變得越加強大。即便是慕梵，此時也不免有些疲憊。關鍵是，老是吃同一種口味的生肉，他也有些吃撐了。

他想起容泫說的遲遲不來的援軍，心裡不免有些抱怨。這些人類的動作可真夠慢，要是是他的部下，回去肯定要按照延誤軍機來處置！

正這麼想著，慕梵感覺到周圍複製體的攻擊開始變得有些奇怪，似乎是遲鈍了許多，並且有些心不在焉。慕梵覺得莫名其妙，突然嗅到了某種穿透太空傳來的「氣味」，雄性激素瞬間暴漲到最高值！

這個感覺，這個味道，不會錯，是那個人來了！

他雀躍的目光投向戰鬥圈之外，在一群悄然出現的黑色艦隊中鎖定了目標。有奕巳。

鯨鯊狀態下的慕梵，饒有興味地舔了舔尖牙上的血跡。

無論是什麼原因，這回是你自己送上門來的，以後可別再指望我能放過你。

與此同時，周圍上百隻複製體感受到了本體的心情，竟然忘記了戰鬥，齊齊向有奕巳所在的星艦圍攻過去。

慕梵一愣，隨後氣惱得想殺人。

這些該死的偽劣品！竟然想搶他的配偶！他殺氣騰騰地追了過去，像個被冒犯了領地的雄獸一樣，開啟最大戰鬥模式，準備護衛自己的配偶。

有奕巳也同樣猝不及防，沒想到自己一出現，這些複製體竟然全都轉移了目標。他剛有些驚慌，下一秒卻發現複製體們沒有攻擊的欲望，只是在他們星艦外不斷賣弄般地轉圈遊走。

衛止江：「牠們這是在做什麼？」

有奕巳：「……」

感謝上帝，這些假貨簡直和慕梵本人一樣愚蠢。這都什麼時候了，還想著求偶！

他陰陰一笑，「無論他們想做什麼，既然他們不攻擊，就輪到我們動手了。」

這下倒好，他本來準備使用異能控制複製體的計畫，也用不著實施。這些蠢貨，自己送到刀尖上來了。

於是，當慕梵趕到的時候，看到的就是無數和自己一模一樣的「鯨鯊」，毫不反抗地被北辰艦隊一一擊殺，而最心酸的是，它們很多在死亡的前一秒，還在跳著只有海裔遺傳的求偶舞。

慕梵：……心情好複雜。

第五十五章 冥冥昭昭（三）

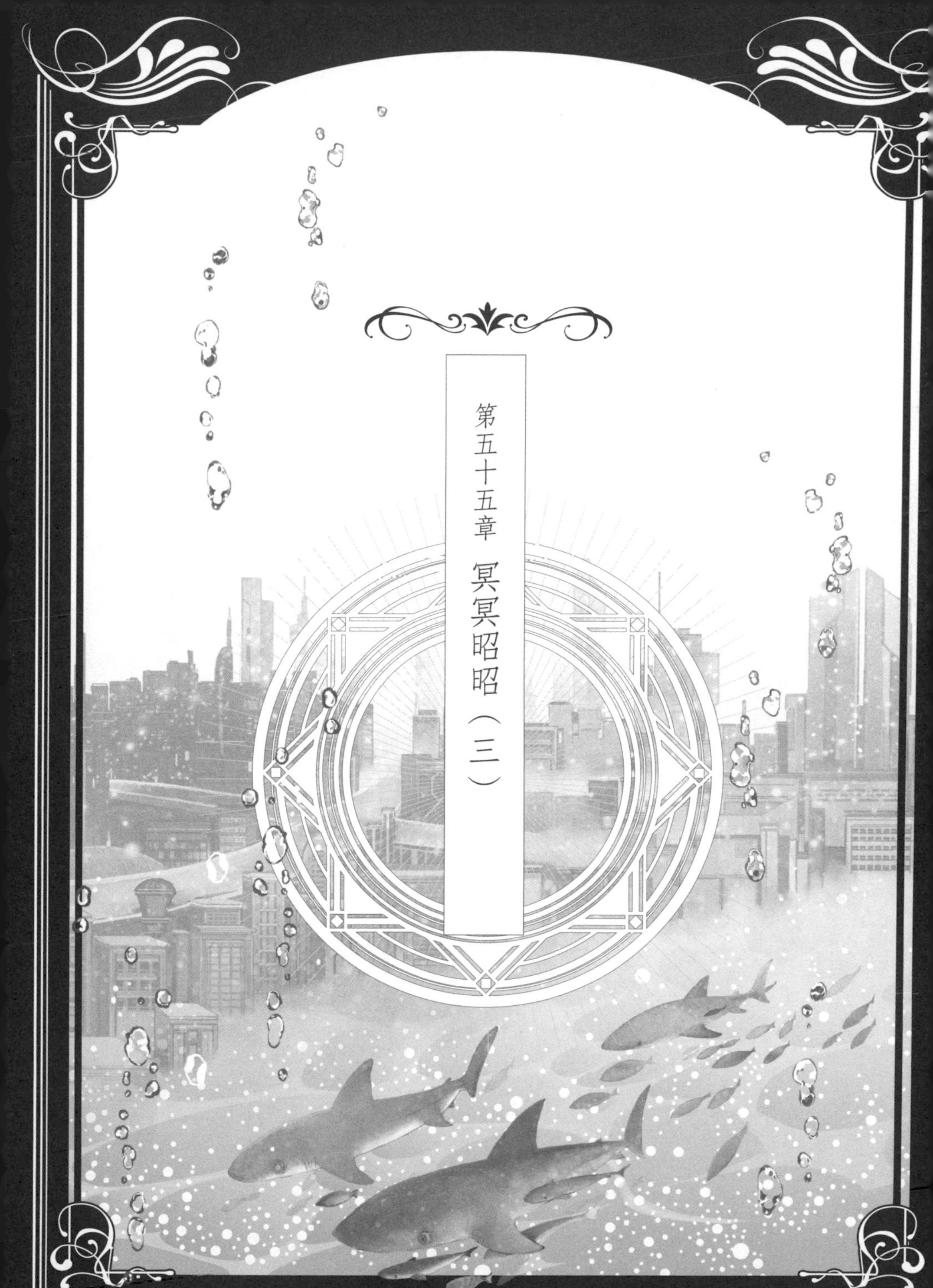

一場本該艱苦卓絕的戰鬥，以出人意料的方式落下帷幕。而戰鬥中的兩位關鍵人物，慕梵和有奕巳，卻直到敵方餘孽全部被清剿乾淨時，才有空見面。

「你……」

慕梵化作一道流光，進入有奕巳所在的指揮艦內。而在看見有奕巳後，他卻愣了一下。眼前的人，和幾個月前分別時停留在他腦海中的印象，太不相同了。

有一瞬間，要不是因為那依舊如昔的眼神，慕梵幾乎要以為自己看見的是另一個人。

「亞特蘭提斯王子殿下。」趁他分神的時候，有奕巳率先打招呼道：「在下是隸屬北辰自治區的共和國見習檢察官，這次隨軍同行，請多指教。」

「你……」慕梵將準備說出的話停留在喉間，他注意到有奕巳的眼神，一瞬間，彷彿明白了什麼。

「亞特蘭提斯，慕梵。久仰大名，見習檢察官閣下。這次戰鬥，多謝貴方援助。」他伸出手，如第一次見面般與有奕巳打招呼。

「希望在未來的日子裡，」慕梵深深注視著面前的人，「我們可以有更多的時間相處。」

「這是怎麼回事？」

站在衛止江身後的一名文官小聲嘀咕：「他們兩位不是在北辰軍校就認識了嗎？怎麼現在卻像初次見面似的？」

衛止江微微一笑，「在北辰，慕梵認識的是學員蕭奕巳。而現在站在他面前的，卻是代表無數北辰最優秀青年人的見習檢察官有奕巳。在擁有正式的官方身分後，這確實能說是兩人的首次正式見面。」

沒錯，有奕巳就是想以這個舉動，與過去作別！他要告別曾經屢屢失敗的自己，為未來的征戰劃下一個新的開始！

慶倖的是，慕梵這個傢伙還算反應快，明白了自己的意思。有奕巳心裡暗想，而且這樣一來，這支蠢鯨鯊也不會再做一些出乎預料的舉動了吧。

哪想到，他的心還沒放到肚子裡，面前的慕梵卻突然抓起他的手，放到唇邊。

在所有人的目瞪口呆中，慕梵吻了一下有奕巳的手背，輕輕開口：「雖然是『第一次』與你見面，但不知為何，我的心卻從剛才就一直熱烈跳動著，我的眼睛也無法從你身上轉移分毫。我想這也許就是命運吧，命中註定，我們會有這樣的相遇。」

他的雙眸帶著款款深情注視著有奕巳，「見習檢察官閣下，你願意成為我的未婚妻嗎？」

聽到他的這句話，有奕巳魂不守舍，而周圍的人下巴幾乎都快掉到地上去了。

「初次見面」就求婚，這種事慕梵竟然幹得出來！有奕巳準備和他裝陌生人的計畫，就被這個傢伙猝不及防地解決掉了！

回過神來後，有奕巳狠狠甩開慕梵的手。

「抱歉，現在大戰未停，無心私情。殿下還請另尋良緣吧。」

說罷，也不給慕梵再說話的機會，他邁著咚咚響的步伐，大步離開了指揮室。

求婚失敗，慕梵並沒有露出失望的表情，他盯著自己觸摸過有奕巳的指尖，嘴角的弧度緩緩升起。

半晌，王子殿下將手收回，貼在心口摩挲了兩下。這才轉過身來，對著衛止江道：「那麼，我先行告辭。後續備戰事宜，我會派人來與貴方指揮官交涉。」

「哦，對了。」臨走前，他又道，「聘禮我也會準備好的。」

指揮室的人看著那道銀色流光又一閃而逝，久久不能回神。片赫後，衛止江才開口：「我總算知道，鯨鯊為什麼那麼耐打了。」

其臉皮之厚，無恥之尤，實在旁人難及啊！

有奕巳走出指揮室的時候，心裡還冒著火氣。

慕梵那傢伙，那個臭燈泡，在那麼多人面前讓自己出糗了！他堂堂萬星後裔，出類拔萃的見習檢察官，怎麼可能成為別人的未婚妻！這讓他的男性尊嚴往哪裡放！如果是未婚夫的話……呸呸，有奕巳使勁甩了甩自己的腦袋。搞什麼，難道自己也被那個蠢貨帶壞了嗎？現在哪裡是想這些事的時候！

「小奕？」

對面走來兩個人，看著他對牆壁撓上撓下，不免擔心地詢問。

「呃，衛瑛，齊修。」

有奕巳看著剛從戰鬥機甲上下來、還穿著駕駛服的兩人，不免有些心虛。剛才發生的事，他可一點都不想讓這兩人知道。

「怎麼了，事情不順利？」齊修皺眉。

「沒事，沒事，我只是有些煩惱。對了，你們剛才與新人類聯盟的部隊戰鬥，他們實力怎麼樣？」有奕巳連忙問。

「改造人的實力遠在普通人類士兵之上。」齊修回答，「但也只不過是以三敵一的程度，我們的精英戰士絲毫不會輸給他們。就是那些複製體比較麻煩，牠們有著模擬鯨鯊的能力，數量又多。要不是最後牠們自己突然停下戰鬥，我們要解決這些傢伙還需要費一番功夫。」

「說到這裡，那些複製體突然失控，是因為小奕你嗎？」衛瑛問，「你用異能控制住牠們的精神了?這麼多隻，小奕，你可真厲害。」

「呃，也不是……算了，差不多吧。」

有奕巳深歎一口氣，不敢把那些複製體實際上是在對自己發情的事說出去。

「總之，我們才與新人類聯盟的部隊第一次戰鬥，不能大意輕心。克利斯蒂師兄他們被困在星系深處，要儘早趕去救援，也不能延誤太多時間。接下來的戰鬥任務可能會很繁重，這幾天，還需要辛苦你們了。」

有奕巳拍著自己兩位守護騎士的肩膀（衛瑛剛剛獲得資格），道：「但無論遇到什麼情況，我都會和你們站在一起。如果有危險，要及時告訴我，別獨自戰鬥！也不要想著為了保護我而犧牲自己！那樣我會恨自己一輩子，明白嗎？」

齊修與衛瑛兩人相視一笑，接著單膝下跪，兩名騎士鏗鏘有力地回應：「遵命，我的殿下！」

「喂喂，都說了不要用這個稱呼喊我了……」

北辰第三艦隊初戰告捷，帝國軍告別多日陰霾，一切似乎都在往好的方面前進。

然而，在左旋星系深處，克利斯蒂和羅曼人依舊深陷苦戰。他們等待的局勢，依舊不明朗。

新人類聯盟，祕密基地。

有一雙沉睡了許久的黑眸，徐徐睜開。彷彿無機質的黑色眼珠地盯著上方，一片混沌。

吡啊。

培養艙的艙門被打開，男人帶著一身寒氣坐起身。

他揉了揉有些麻癢的太陽穴，問：「我睡了多久？」

旁邊有人遞上衣服，小心地伺候他穿上。

「您睡了整整三個月。」

「那麼，」男人看著手臂，「實驗成功了？」

只見他的赤裸的身軀上，密密麻麻的銀色斑紋纏繞在微微起伏的肌肉表面，如同一幅神祕而強大的圖騰，遍布他全身。

「是的，實驗已經成功。艾因大人。」侍者道，「北辰艦隊已進入左旋星系，首領大人下令，讓您立刻前往迎擊。」

艾因緩緩提起嘴角，那張與有銘齊一模一樣的臉上，露出捕獵獵物時的興奮笑容。黑色的眸子明明滅滅，猶如深淵。

「你聽見了嗎？」他摸著自己的心口，自言自語般道，「又要見面了。」

不知道這次再見到他，他會露出什麼表情。是憎惡，痛恨，還是絕望？真期待啊。艾因喃喃自語，你的兒子會像你一樣，帶著那樣的表情掙扎到最後一刻嗎？就像當年，你被我吞噬的前一秒那樣，有銘齊。

艾因的心臟傳來一陣抽痛。

彷彿某個早已消逝的靈魂，在回應著他。

有奕巳猛然一顫，從惡夢中醒來。汗水浸溼了他的後背，他已經無法想起夢見了什麼，但是夢境裡的恐懼和陰影依舊如影隨形。曾經的夢魘，又再度襲來。

「不。」他握緊手心，我絕對不會讓同樣的事情再發生一次！

他深吸一口氣，突然失力般向後仰倒。

嗯?不對，怎麼好像有什麼東西在背後。

有奕巳伸手掏掏，掏出一個銀色的不明發光物體。

那小東西只有他的手心那麼大，斷斷續續地發出幽幽白光。牠似乎正在酣睡，被有奕巳吵醒，張開了兩顆黑豆大小的眼睛，與床上的人對視。

「呸啾？」

小燈泡發出軟軟的聲音。

有奕巳：……

「呸啾你個頭啊！」

他把燈泡狠狠摔在地上，看著那玩意兒頗有彈性地從地上彈起，又在屋內彈了幾個來回。

不知有意還是無意，彈滿整個房間的小燈泡，最後一個角度直接撲倒有奕巳臉上，和還在張口怒罵的某人來了個親密接觸。嘴對嘴的。

「啾啾。」某燈泡臉上似乎有紅暈。

「……慕梵，給我從我的房間滾出去！」

「這是怎麼回事？」

梅德利接到通知過來接人的時候，看到的就是鐵青著臉的守護騎士們。

「夜闖見習檢察官寢室，原則上應該按軍法處理。」齊修冷硬道，「如果他不是你們亞特蘭提斯王儲的話。」

「是是是，這件事確實做得不妥。」梅德利連忙道，「下次一定改進。」

「改進？」齊修不滿道，「改進到不被我們發現是嗎？」他狠狠盯著某處的發光物體，「這回是闖進宿舍，下回難道想闖進浴室？」

梅德利擦了一把冷汗，殿下幹的好事還要自己來替他擦屁股。你說夜襲就夜襲吧，被人當場抓住是怎麼回事？齊修說得對，書記官想，最起碼下回殿下再想幹這種事的時候，一定要讓他做到了無痕跡，不能便宜沒占到，還被人家守護騎士抓個正著。

當事人——或者說當事鯨，慕梵，渾然不覺自己闖下了大禍。燈泡形態的慕梵暈乎乎地繞著有奕巳的腦袋打轉，每次被趕走，都契而不舍地重新湊上來。有奕巳煩不勝煩，都懶得用正眼看他。

「他好像有點奇怪。」

一直站在旁邊沒出聲的衛瑛，突然開口道：「都這麼久了，為什麼還不變回人形？」

這麼一提，有奕巳也想起來了。他捏著燈泡的小尾巴，把牠提了起來。

小燈泡眨了眨黑豆眼睛，使勁往他手心裡鑽了鑽。

衛瑛：「好像挺可愛的。」

可愛，這絕對不是慕梵的風格！

有奕巳：「慕梵？」

小燈泡不知所以，依舊無辜地看著他。有奕巳與他眼對眼，仔細打量這隻迷你鯨鯊，半晌，他走到梅德利面前，神色鄭重道：「請隨軍醫生過來，你們家殿下可能出問題了。」

梅德利：「什、什麼?!」

半小時後，第三艦隊的隨軍醫生為慕梵做完診斷。

「應該是吃撐了，有點消化不良，才會暫時出現這種現象。」軍醫打開診療板，記錄道，「我沒有研究過鯨鯊，但是現實中不少動物在發生緊急狀況時，都會下意識地尋求最原始的庇護方法。對於鯨鯊來說，也許這種形態和體型，更讓他有安全感。」

形態和體型？眾人看向不足巴掌大的小燈泡，牠依舊忙著在有奕巳身邊糾纏。

與其讓他們相信這種微型體型會讓慕梵有安全感，還不如說是這種體型可以趁機糾纏有奕巳，才讓他更樂此不疲吧。

「難道是複製體吃太多了？」梅德利托著下巴，「可是之前也沒見過有什麼副作用啊。」

「畢竟那些是新人類聯盟的實驗品，難保會有什麼隱患。」有奕巳抓著燈泡的背鰭，把牠從自己臉上扯下來，「你先把他帶回去。如果實在不安全的話，帝國軍可以先行撤退。」

「那怎麼行！殿下知道了一定不會放過我！」梅德利改口道，「咳，我是說，都到這個地步了，我們怎麼能讓友軍獨自迎敵，這不符合帝國軍人的優良傳統。」

帝國軍的優良傳統就是隨便潛入別人寢室嗎？

在場所有人都忍不住給他翻了個白眼。

「而且我看殿下現在的狀態，也不適合離開。」梅德利見狀補充道，「有奕巳閣下，您曾經與殿下進行過數次精神連結，彼此都留下了印記。您的存在對殿下來說就是一種安定劑。如果離開您，也許對他的康復反而不利。」

像是為了印證他的話，被帶離有奕巳身邊的小燈泡，整隻都暗下去不少。原本烏黑發亮的豆豆眼，也顯得無神。

衛瑛：「好像有點可憐。」

有奕巳瞪著她，妳究竟是站哪邊的！

「我也建議，在慕梵殿下還沒有恢復前，把他放在有奕巳閣下身邊是最安全的。」軍醫也開口了，「這裡精神力最強的人就是您，萬一鯨鯊出現意外情況失控，也只有您能壓制住他。」

事已至此，有奕巳還能怎麼辦，只能無奈接受了當保母的命。

「有什麼需要，我會隨時來看望殿下！」返回帝國軍艦隊前，梅德利還在依依不捨地揮手，「拜託您一定要照顧好他！」

有奕巳瞪著手中的燈泡，無語凝噎。

接下來的兩天，第三艦隊和帝國艦隊整編同行，飛速趕往救援點。出乎意料的是，這一路上他們沒有遇到太多新人類聯盟的敵軍，行軍十分順暢。

又一天晚上，結束了白天一整天的戒備，回到宿舍的有奕巳整個人都放鬆下來。

「情況太順利了，為什麼我總有不好的預感。」

他坐在床上，玩弄著手中的迷你鯨鯊。

「喂，你怎麼想？」

燈泡無精打采地趴在他的手心，沒有反應。

慕梵保持這個狀態已經好幾天了，今天更是一整天都沒有精神，連有奕巳的便宜都不占了。

「不會真的病了吧，要不要送你去看醫生？」他將小燈泡托到手心，輕輕地撫摸著牠的頭頂。

「啾……」

就連叫聲都這麼無力。

有奕巳心軟了一瞬間，將小燈泡放進自己的被窩，環抱在懷裡。

「好了，睡吧。希望明天醒來，你的狀態會好一點。」他半睡半醒，迷濛道，「我可不想再當你的保母了。快點回來吧，慕梵。」

「呸啾。」

半夢半醒之間，有奕巳似乎又做了一個惡夢。

與上次的夢境不同，這一次的惡夢格外壓抑，他整個人都好像被壓在大山之下，喘不過氣來。過重的壓力和黏膩的空氣，讓他的呼吸都變得急促，而臉上不知沾到了什麼液體，更是溼漉漉的。時不時地，好像有某種柔軟的物體掃過唇畔。

唇畔?!

有奕巳倏地睜開眼，眼前的情景，差點把他的心臟病嚇出來!

與他面對面，不到半個手掌的距離，一雙發著幽幽銀光的眼睛正虎視眈眈地看著他。

注意到他醒來，面前的人緩緩露出尖牙，笑了。

下一秒，他一口咬在有奕巳的鎖骨上。有奕巳痛得想掙扎，卻動彈不得，他整個人都被長手長腳的慕梵困住，抱在懷裡，一絲空隙都沒有。而罪魁禍首還埋在他的胸口，好像要把他吃掉一般啃咬著他的皮肉。

不對勁，不對勁！有奕巳嚇出一身冷汗，這不是平時的慕梵！平日裡的慕梵，哪怕再有不軌的企圖，也不會真的傷害到他。

驚懼之下，有奕巳放開精神異能，大喝道：「慕梵！」

無形的震盪波衝擊過兩人的精神世界，正在肆虐的鯨鯊動作停頓了一瞬。再抬起頭時，那雙眼中詭異的光芒已經消失，有奕巳聽見他沙啞的聲音。

「抱歉。」

接著，那雙手用力把有奕巳推開，彷彿再抱著他一秒，就會更加失控一般。

這時候，有奕巳反倒鎮定下來，他整理好衣服，看著單手撐著額頭的慕梵。

「是吞噬複製體後的副作用嗎？」

慕梵搖了搖頭，「本來吞噬牠們並不會對我有什麼影響。那些複製體畢竟不是真的鯨鯊，但是——」他頓了頓，「畢竟是根據我的基因複製的，我沒想到，我和牠們之間還會有這樣的聯繫。」

「聯繫？」有奕巳重複。

「吞噬掉他們的肉體後，會連他們的精神和記憶一同繼承。」慕梵苦笑道，「而我那天吞了差不多有上百隻複製體。」

有奕巳張大嘴，這也就是說，慕梵這幾天一直在吸收上百個「自己」的記憶和精神?!難怪會那麼不對勁！

他擔憂道：「那你現在……」

慕梵說：「這些複製體大多沒有獨立的自我意識，記憶也很單薄。吸收掉牠們的記憶，不會對我的人格造成任何影響。只是……」

他看向有奕巳，壓低語氣道：「正因為牠們自我意識薄弱，所以這些記憶裡最清楚的一部分，反倒是之前對配偶的渴求。我一下吸收了上百隻複製體的求愛記憶，再加上我自己的一部分……抱歉，剛才失控了。」

有奕巳冷不防地打了個寒顫，下意識退後一步。

慕梵看到他的舉動，瞇了瞇眼。

「你放心。」他說，「下回，我絕對不會在意識不清的時候，對你做這種事。」

不不不！意識清醒的時候也請你絕對不要做這種事！有奕巳感到了巨大的威脅，到現在他的鎖骨還隱隱作痛，剛才要被人拆吃入腹的感覺記憶猶新。

彷彿看出了他在想什麼，慕梵低低笑了。壓抑的笑聲和震動的喉結，似乎無時無刻不在對外散發出強大的雄性荷爾蒙。

「我會證明給你看，比起吸收的那數百份記憶。我本身對你的感情，絲毫不弱。」

你想怎麼證明！

有奕巳警惕地後退一步，就在他想著要不要呼喚守護騎士來保衛自己的貞操時，驟然響起的緊急通告，打破了室內曖昧的氣氛。

「敵襲，敵襲！」

「各單位請注意，一級警報！一級警報！」

慕梵和有奕巳同時抬頭，聽到警報的那一瞬間，他們都在緊張的空氣中察覺到了某種熟悉的氣息。

慕梵站起身，隨著他的動作，被單從赤裸的身體上滑下，露出虬結有力的肌肉線條，以及遍布全身的銀紋——那是鯨鯊的標誌。這位宇宙最強霸主的眼中，此時充滿著對戰鬥的渴望。

他輕笑：「奇怪，我竟然聞到了同類的味道。」

此刻，有奕巳的血液在沸騰湧動，這意味著和他擁有同樣血脈的人就在不遠處，他雙眼赤紅，喊出那個名字——

「艾因！」

「敵襲，敵襲！」

艦內紅色警戒燈閃爍著，在所有匆忙走過的士兵身上投下不詳的陰影。

指揮室內，衛止江面色凝重。

「查明敵方情況了嗎？」

「是！」偵查員彙報道，「目前第一分隊遇敵戰鬥中，已查明對方有二十艘以上阿爾法型戰艦，五支機甲中隊。依操作模式判斷，機甲駕駛應該都是改造人。後續部隊情況不清楚……」

「派第二第三分隊上前接應，第五分隊從右翼迂迴掩護，其他隊伍原地待命！」

「是！」

傳令員把命令通告各分艦，衛止江站在指揮位上，有些頭疼地揉了揉眉心。

「偏偏在這個時候，該死的，是故意算好的嗎？」

此時，聯合艦隊已經前進到左旋星系的中間地帶，再前進些許，就能與失去聯繫的克利斯蒂等人匯合。敵人挑這個時候攻擊，明顯就是抓住他們鬆懈的一瞬間。

「報告！左翼出現大量敵人，數量……十支戰鬥中隊！帝國軍正在與他們交戰！」偵查員又傳來了新的情報，情況不容樂觀。

衛止江皺眉，「一下子派出這麼多兵力，對方難道是打算在這個地點……」

「與我們決戰。」

一個人站到他旁邊，說完他的下半句話。

衛止江側頭一看，只見慕梵身著整齊的帝國軍軍服，釦子嚴密地扣到最上一格。他背脊挺直，目光如鷹隼般望著前方，身上散發出來的強烈氣勢，讓周圍的人都不由側目看過來。

然而，剛才那句話卻不是他說的。站在慕梵右手邊的有奕巳，此時也穿著檢察官制服，他單手調整自己的衣領，繼續道：「新人類聯盟派出這麼多戰鬥分隊，顯然是打算在這裡與我們進行最終決戰。如果他們贏了，損失了第三艦隊的北辰星系，和損失了慕梵的亞特蘭提斯帝國，都會遭到重創。之後形勢會向新人類聯盟一面倒，什麼時候被他們占領主星都不奇怪。」

衛止江：「事情真有這麼嚴重？」他們這些人只代表北辰的一部分實力而已，就算不幸落敗，也不至於整座星系都隨之淪陷。

「事實就是如此。」慕梵開口，「之前他們與羅曼人交戰，久攻不下，已經趁機拿下了帝國的一座防禦要塞。現在帝國內部軍心不穩，如果我在這裡出了意外，帝國軍會從內部開始分裂。這就給新人類聯盟留下了可趁之機。而對你們北辰來說——」

他的目光看向有奕巳。

「已經經不起第二次失去了。」

衛止江的視線同樣投到有奕巳身上，心情沉重。的確，哪怕第三艦隊全軍覆沒，北辰依舊可以捲土重來。但是如果在這裡失去了萬星，對整個北辰來說，卻是難以承受的打擊。

「所以新人類聯盟就是看透了這一點，才在這個時候總攻。」衛止江冷笑，「他們倒是很有信心，能夠在這裡把我們一舉拿下？傳令官！」

「是。」

「下令各分隊嚴密戒備，不要給敵人任何可趁之機！遇到情況及時向我彙報。」

「是！」

下達完命令，衛止江冷眼看著戰場，新人類聯盟把他們當肥肉啃，他也要告訴這群豺狼，他們第三艦隊可不是什麼軟柿子！

在北辰艦隊與帝國軍的完美配合下，戰鬥局面並沒有因為新人類聯盟的突襲而倒向對方。正相反，對方的改造人後繼無力，倒是一點一點落了下風。

有奕巳緊盯著前方戰場，心裡卻一點都沒有放鬆戒備。

「這些傢伙，可不只這些手段而已。」慕梵在旁邊低聲道。

有奕巳點了點頭，表示贊同。

果然，就在局面即將白熱化之時，偵查員突然接到一則意外的通報。

「報告！前方第一分隊傳來消息，他們在交戰敵人的後方，發現了我方友軍部隊！」

「什麼？」衛止江拍案而起，「說清楚！」

「是！在敵人的右翼部隊後方，有一群游離武裝正朝著這個方向前進。根據通訊信號，查明是我方先遣軍與羅曼人殘部。他們正在被人追趕！」

提前數月抵達左旋星系支援的奧茲家族武裝、以及楊卓他們的守備力量的克利斯蒂等人，從一個多月前就失去了聯繫。第三艦隊此次遠征的目的之一，就是為了救援他們。沒想到，這時候他們卻突然出現在現場。

「指揮官！友軍已經進入了我方戰略領域，是否放開防線，放他們進來？」

放開防線！

跟在友軍身後的，可還有新人類聯盟的惡狼！要是防線收縮不及，就會被這批野狼一口咬住痛處。那麼，第三艦隊的防禦就會因為這場援救而徹底瓦解！

「可惡！」一名副指揮官狠狠砸著桌面，「他們是故意的！」

沒錯，新人類聯盟故意放生戰力不足的先遣部隊，在身後追趕著這支殘部向北辰和帝國聯合艦隊這邊駛來。為的就是逼迫他們做出決斷，究竟是解救友軍然後自己也被拉下渾水，還是眼睜睜看著友軍在他們面前被新人類聯盟清剿乾淨！

「指揮官！」

「衛少將！」

這一刻，所有人都看向最高軍事指揮衛止江，希望他能想到完美的解決方法。

衛止江壓低視線，顯然也陷入思考。

「接到一條外部通訊，信號顯示是先遣部隊！」

這時候，通訊員接到一條意外的通訊要求。

衛止江眼睛一亮，「接通！」

通訊被接通，在有些模糊的畫面上，浮現出一道熟悉的人影。

「克利斯蒂師兄！」

有奕巳忍不住喊出那人的名字。

螢幕上的人正是失聯許久克利斯蒂，在他身後，還有楊卓和蘭斯洛特等人。

「嘿，萬星大人，沒想到最後還能再見你一面。」蘭斯洛特看到有奕巳，一驚之後就微笑著打招呼，「是得到消息特地來送行的嗎？」

「最後一面是什麼意思?」有奕巳咬牙。

蘭斯洛特聳聳肩,「就是字面上的意思。」哪怕到了此刻,他玩世不恭的樣子依然沒有改變。

「蘭斯洛特.奧茲!」有奕巳忍不住低吼,「你不是說絕對不會送死嗎!你不是說再忠誠的家犬,都會為自己的利益考慮嗎?你甘心就在這裡失敗?甘心丟下你們奧茲家族嗎!」

蘭斯洛特苦笑,「現在想想,那時在你面前真是說了大話呢。」他笑了一下,「我的確不想葬送在這裡,但是現在看來,好像沒有別的辦法了。」

他的目光投向克利斯蒂。

這位北辰軍校出身的堅毅男人開口,只說了一句話:「放棄我們,直攻新人類聯盟。」

衛止江長歎了一口氣,「果然……沒有別的辦法了。」

如果為了救援克利斯蒂他們而被破開防線,到時不只是第三艦隊,連帝國軍都會被拖累。恐怕到時真的會全軍覆滅。所以,在這裡捨棄被敵人當作誘餌的克利斯蒂他們,才是最好的決斷。

「就這樣,鞏固防線,繼續——」

衛止江正要壯士斷腕,又被人打斷。

「也不是沒有別的辦法。」

所有人齊齊望向出聲之人,只見慕梵淡淡開口:「只要困住後面的追兵,讓先遣部隊趁機進入我方的防衛圈，就不用擔心被破開防線。」

「可是現在，我們已經沒有餘力再去牽制敵人。」

「餘力？」慕梵微微一笑，「不是還綽綽有餘嗎？」他踏上前一步，已經有些長的銀髮，隨著步伐輕輕飄曳。

「一隻鯨鯊，難道還不足以抵擋住區區追兵？」慕梵道，「在我拖住他們的時候，你們將人救回來。」

衛止江張大嘴，「可是……」

然而慕梵已經沒有耐心聽他囉嗦，局勢緊張，決斷只爭片刻。他回頭望向有奕巳：「只要你想，我就替你把人帶回來。」

有奕巳閉上眼，深吸一口氣，再睜眼時，定定地望向慕梵。

「拜託了！」

慕梵面露愉悅。「這可不是免費的。」

下一秒，他整個人已經化作銀色流光離開指揮室。在場很多人都沒看過鯨鯊變身，此時目睹著窗外的壯麗景色，忍不住張大嘴。

「好厲害……」

「真是漂亮！」

強大，自信，隨時散發著耀眼的光芒，原來鯨鯊竟然是這麼美麗的生物啊！

鯨鯊朝這邊甩了個尾巴，就向敵人陣營衝去。而這隻巨大怪物的出場，很快就擾亂了對方的布置，敵人的包圍圈出現了漏洞。

「克利斯蒂師兄！楊卓！」有奕巳喊道，「抓住機會與我們匯合！」

克利斯蒂深深看了他一眼，頷首。

衛止江此時也下令派遣還有餘力的分隊去接應，一場危機，眼看著就要化解。

遠處，新人類聯盟陣營。

直到那優雅又強大的銀色生物出現在戰場上，一直假寐的艾因，這才睜開了眼。

「終於。」他站起身，褪下衣衫，露出身上的銀紋，「到這一天了。」

第三艦隊指揮中心，剛剛鬆了一口氣的有奕巳突然後背一涼，整個人打了個寒顫。

有危險！

他腦海中的第六感還沒有完全閃現，新人類聯盟陣營內，一道極其眼熟的銀光驟然亮起。

下一秒，所有人目瞪口呆地看著一隻與慕梵一模一樣的鯨鯊，出現在戰場上。只不過，這一次這隻鯨鯊是屬於新人類聯盟的力量。兩隻鯨鯊同時出現在一個戰場，對於所有人來說，都是毀滅性的力量。

感受著從那邊傳來的熟悉壓迫感，有奕巳不敢置信地道：「那是艾因？」

為什麼那個男人會變成鯨鯊?他不是有卯兵的複製體嗎！

成功變身鯨鯊的前一秒，艾因不甚有興致地想，看來那些難吃的肉也不全是白吃的。

複製體可以相互吞噬來增強能量。而根據不同原始基因複製的的複製體，也可以通過吞噬來獲得另一方的力量。

擁有萬星基因，本身就掌握了異能的艾因，又通過吞噬大量慕梵的複製體，獲得了鯨鯊的能力。只要慕梵一恢復本體，他就能擁有同樣的變身能力。

而和那些劣質複製體不同的是，艾因變身後的鯨鯊，擁有和本體同樣強大的力量！

他成為了史上第一個同時擁有人類異能與海裔能力的人。

這就是新人類聯盟最後的祕密武器。

終曲

亞特蘭提斯鯨鯊，同時也是星際最強物種。牠的力量究竟有多強大，沒有親身感受過的人，恐怕永遠都無法體會。

而現在，自己正掌握著這份力量。

艾因露出一口尖銳白牙，原來擁有強大的力量是這麼令人愉快的事！他一個擺尾，最靠近他的艦隊全部遭受重創，連新人類聯盟也受了池魚之殃。

和對面那隻攻擊起來顧慮重重的傢伙不同，艾因化身的鯨鯊完全不需要考慮周圍，無論是聯合軍的艦隊，還是新人類聯盟自身的部隊，都在他的攻擊範圍之內。

相比之下，需要掩護部隊撤退的慕梵，在戰力上就受到了壓制。

「為什麼會出現這種狀況！」

對於戰場上出現的第二隻鯨鯊，無論是帝國軍還是第三艦隊都十分震驚。

有奕巳卻很快就推論出真相。

「應該是和之前的複製體一樣的擬態能力。」他說，「只要慕梵變回原形，對方就擁有同樣的能力。」

衛止江顧慮道：「該通知慕梵停止攻擊，變回人形嗎？」

「暫時先這麼做。」有奕巳說，「不過即便不能變身，那傢伙本身的實力也不可小覷，要小心他。」

艾因。有奕巳的目光緊緊鎖定著星空中那個巨大的身影，他早該預料到，阻礙他們的最後一個障礙就是這個人！

「我來通知慕梵。」

有奕巳說著，嘗試用精神異能連結慕梵的意識。大概是因為之前兩人有過數次的深度精神連結，這一次的溝通很順利地就成功了。

慕梵，聽得見嗎？

那傢伙可以盜取你變身時的能力。你先撤退，讓其他攻擊部隊纏住他。

作戰中的鯨鯊清晰地接收到了訊息，事實上，慕梵本來也正準備這麼做。盜取能力是嗎？那麼本體變回人形後，看他還怎麼繼續盜用鯨鯊的力量！

發現了他們的圖謀，變形狀態下的艾因笑了笑。這麼快就找到對策了？不過，我哪會那麼容易讓你們得逞！

「怎麼回事？」一直觀察著局勢的人很快發現了不對，「慕梵為什麼沒有變成人形回來？」

有奕巳嘗試繼續聯絡慕梵，卻發現兩人的精神連結被阻斷了。

糟糕！

他後知後覺地想，艾因身上擁有萬星血脈，雖然已經不能調用，但是壓制異能方面的天賦，卻完美繼承了下來！這樣的艾因和有奕巳一樣，有能力使用異能干擾慕梵的精神世界。

現在的異樣很可能就是因為艾因在控制慕梵的精神！而更糟糕的是，那傢伙很可能會利用這一點做更可怕的事。

「衛少將！」有奕巳高聲道，「注意慕梵的情況，讓附近的部隊遠離他！」

「什麼？」

衛止江還沒有反應過來，只見原本正在太空中作戰的慕梵突然失控，向離他最近的機甲小隊發動攻擊。包括敵方部隊在內，三艘星艦眨眼間就覆滅在了鯨鯊的攻擊之下。而攻擊之後，連半點殘骸都沒有留下。

這就是鯨鯊，星際霸主的可怕實力！

「這是……怎麼回事？」指揮室內沉默了半晌，許久，才有人沙啞著聲音問。

「為什麼他會攻擊我們！」

「那不是他的本意！」有奕巳大喊，「是對方的精神異能控制了慕梵！指揮官，派我出去！我可以干擾對方的控制——」

他這句話還沒有說完，周圍的人都倒吸了一口涼氣。只見原本護衛在他們身前的鯨鯊，掉轉過頭，恐怖的身形對準旗艦的方向，醞釀著一道足以毀滅所有人的攻擊。

完了。

那一刻，幾乎每個人的腦海裡都浮現出這個念頭。難道，他們就要葬送在此地了嗎？

攻擊逼至眼前時，有奕巳不甘心地握緊了拳頭。

在最後一刻，他還在心底念著慕梵的名字。他不相信鯨鯊會就這樣被對方控制了！

慕梵！

有奕巳閉上眼。你快給我清醒過來！

然而，毀滅的銀光呼嘯而至，眨眼間就吞噬了範圍內的所有星艦。

在銀光即將吞沒他們時，一道不起眼的黑點，小小跳躍了一下。

腦袋有點脹痛，意識還不清楚，但是能清晰地感覺到身體的存在，四肢隱隱作痛。

他還活著，還活著！

幾乎是意識到這個念頭的下一秒，有奕巳就翻身坐了起來。

「痛！」

「你現在還是不要亂動地好。剛剛經過衝擊，大腦還有後遺症。」

這個聲音——有奕巳轉過頭去。

「西里硫斯！」

他不敢置信地張大嘴，看著眼前打扮怪異的傢伙。

和幾個月前離別時相比，西里硫斯此時的打扮的確是古怪。他下身穿著不知什麼野獸皮做的裙襬，上身則是某種魚皮做成的緊身衣。整個人似乎曬黑了許多，也結實了許多。

不過這些都不重要！

「為什麼你會在這！為什麼我會在這！」

他們不是被慕梵的攻擊打中了嗎？

有奕巳環繞四周，只看到一片黑暗。

這又是在哪裡？

「好了，留給我們的時間不多，還是長話短說吧。」

西里硫斯穿著虎皮裙坐了下來。

「你們現在在我臨時製造的時空隧道裡，時間是相對靜止的。一會我離開的時候，你們就可以回到原來的座標。但是現在，還不能讓你立刻回去。小奕，我的時間不多了。」

西里硫斯正色道：「這邊與那邊的時間流速不一樣。我在這裡多待一秒，那個時空很可能就過了一個世紀。我得儘快回去，還有人在等我。」

有奕巳揣測著他的意思，想起兩人上次分別時的情景，眼睛慢慢瞪大。

「難道說，你已經——」

「是的，我見到他了。」西里硫斯淡淡道。

有奕巳呼吸一窒。

西里硫斯說：「但那已經不是以前的他。」他看了下時間，「我簡短跟你說明一下情況吧。」

艾因偷襲他們的那次，西里硫斯被迫提前打開時空裝置。而憑藉著他製造的神石替代品，陰差陽錯之下，他成功抵達有琰炙所在的那個時空。

正如他們之前所預料的，有琰炙引發的時空亂流使時間座標發生了錯誤，有琰炙和他們已經不在同一個時空。

「保守估計，兩個世界的時間差，應該有五萬年左右。」西里硫斯說，「我抵達的那邊的時候，他正以原始形態在星球的海域裡遊蕩。」

西里硫斯露出笑容，「不過我從來沒想到，地球竟然會是那個模樣呢。」

「你說地球?!」有奕巳沒想到，有一天竟然會從別人口裡聽到這個名字。

「根據我考察那顆星球上的生物品種和地理資料做出分析，可以確定，那就是兩萬年前，人類進入星際時代之前的母星——地球。」西里硫斯道，「但是我要說的不是這個。小奕，我在那裡遇到的有琰炙——或者說是慕焱，他已經完全失去了現在的記憶，變成了一個只知道依靠本能生存的海獸。而在和他重新相處的過程中，我發現了另一件事。」

「是什麼？」

「是遺傳。古地球上的海洋生物和這個時空的海裔，有著相同的遺傳基因。這意味這什麼，你明白嗎？」西里硫斯的語氣飛揚，「這意味著他們本身就可能是同一個物種。我在那邊待了一陣，發現除了有琰炙以外，一部分的海洋生物也開始發生變異。而在這過程中，我用了一些手段幫助了他們的進化。」

有奕巳的瞳孔縮緊，「幫助他們進化？」

「是的。」西里硫斯點了點頭，「在我離開之前，其中相當一部分已經進化出了人形。而在我和有琰炙建造的新部落裡，人類和海裔已經可以共存，甚至能結為伴侶共同繁衍。」

有奕巳張大了嘴巴，感覺聽到的事情太不可思議。

「但是海裔進化得太快，他們的精神開始不受控制，很多人出現了暴躁易怒的異化現象，並且不受控地傷人。小奕，我這次回來就是為了這件事。」

西里硫斯緊緊握住有奕巳的手，「我需要提取你的一點血樣。你和你的先祖們成功壓制過鯨鯊，在萬星的血脈裡，肯定有能壓制海裔的基因！」

「我可以幫助你。但哥哥回到過去只是偶然，我們這樣做，不會反而改變了歷史，造成不好的影響嗎？」有奕巳猶豫道。

「改變歷史？偶然？」西里硫斯搖了搖頭，他握著手裡的藍寶石，對他道：「你知道嗎，在那個世界，有琰炙和其他海裔，都需要依靠它來進化。他們還給它取了名字——海洋之心。聽到這裡，你就沒有想到什麼嗎？」

海洋之心，促進海裔進化的神祕寶石！那不是真正的神石才擁有的能力嗎？可是這、這應該只是一個仿製品啊！

難道就因為意外穿回了過去，一切都發生了變化！

西里硫斯道：「究竟是我們改變了歷史，還是歷史本來就應該這樣被創造。誰都說不準，小奕。」

有奕巳有些失神，不過他很快又想到，西里硫斯說了那麼多，即便全都證實了，又能對現在的局面造成什麼改變呢？

慕梵他們還在外面苦戰，不回去不行！

有奕巳跳起來，卻被西里硫斯一把拉住。

「不要緊張。」

這個因為回到五萬年前而顯得有些神祕的傢伙，對他眨了眨眼。

「我剛才那些話也不全是為了自己才說的，小奕，解決你們現在的處境，也需要我的幫助。」西里硫斯微微一笑，「接下來，記住我跟你說的每一個字。」

旗艦與附近的艦隊消失在巨大的黑色漩渦裡，對於外面的人來說只是眨眼間的事。一時被艾因控制的慕梵，很快就恢復了清醒，但是對於他來說，現實造成的打擊比失去意識更加恐怖！

他竟然向有奕巳所在的旗艦攻擊了，他們現在生死不明！

心裡湧上的恨意和怒火，幾乎要把慕梵的理智埋沒。他看著罪魁禍首，幾乎是以同歸於盡的方式衝了過去。

艾因——！

控制鯨鯊的能力，只能維持控制這麼一小段時間。控制失敗後後，艾因有些疲憊地喘了口氣，勉強躲過慕梵的衝擊。可是就算只有這麼一小會，也足夠造成他想要的結果了。

失去理智了嗎？

他看著攻擊毫無章法的慕梵，麻木地想。

慕梵近乎失控，一次又一次地瘋狂撲向艾因，絲毫不在意在造成對方負傷前，自己已經承受了更多的傷害。

艾因有些嘲諷地想。

至於嗎？不就是一個人而已。

人死了，還可以重新製造。只要保存基因，就會產出很多複製體，更多更多的、取之不竭的複製體。

生命不就是這樣嗎？既然能夠複製，就是永遠不會耗盡的消耗品。

就像有銘齊，就像他自己。毫無理由地，不經他們同意地，就被製造出來，在這個世界上沒有父母，也沒有存在的價值。

根本，就沒有任何意義。

看著眼前失去理智的鯨鯊，艾因心裡竟有些憐憫。像這樣徒勞無謂的掙扎，究竟有什麼意義？服從命運的安排，不是更輕鬆一些嗎？

不知為何，他突然回想起幾十年前十分相似的一幕。

那時候，有銘齊被他們困在陷阱裡。護衛他的屬下一個接著一個死光，最後死去的是他的妻子。艾因看著那個已經一無所有的男人，開口發問。

你不過是一個複製體，為所謂的「萬星」拚到這一步，值得嗎？

那時候有銘齊是怎麼回答他的呢？

不記得了。反正，在那之後不久，有銘齊這個男人就被艾因吞噬了。

連同他的存在一起，徹底被抹滅。

反正這一切，本來就沒有任何意義。

無論是他們，還是自己。無論是活著，還是死亡。

對於艾因來說，都沒有任何區別。

眼前的鯨鯊又一次衝了上來。

艾因笑了一下，準備給這傢伙最後一擊。

一切，到此就可以結束了。

慕梵，住手！

出乎意料的聲音，打亂了兩邊的準備。接下來發生的事，更是另人猝不及防。

本該消失的旗艦與艦隊，又突然出現在這個宇域。之前吞沒他們的黑色蟲洞短暫閃現，接著便消失了。而有奕巳的聲音，就是在這個時候傳入慕梵的腦海。

慕梵震了震，幾乎下意識就停下了動作。

現在沒有時間解釋了，慕梵，聽我說。

那個讓他喜極而泣的聲音，再次迴響在腦海內。

把你的力量分給我，我也會將我的力量分給你。然後，我們一起打敗艾因！

能做到嗎？

慕梵根本沒有去懷疑這件事。對於他來說，能再次聽到那個人的聲音，就已經是奇跡。

意外嗎，還是奇跡？

艾因看著突然回到戰場的旗艦，退後了一段距離。可是無論怎樣，奇跡只會發生一次。接下來，絕不會再給他們苟延殘喘的機會。

新人類聯盟的改造人士兵醞釀著新一輪的攻擊，但身為戰場的核心，艾因卻不打算給慕梵喘息的機會。

抓住對方頓住的時機，他擺動著現在這龐大的身軀，直接攻去。目標是——鯨鯊最脆弱的頸部！

這一擊，不僅醞釀著巨大的力量，還帶著艾因本身的異能攻擊。無論怎麼樣，慕梵都無法逃脫，這是最後的較量了！

出乎意料的是，直到攻擊逼近眼前，慕梵還是毫無動作。

他打算就這樣放棄了？

艾因疑惑。

正好，趁機解決他，讓一切都結束吧。

結束——！

然而，他蓄力待發的一擊，卻被人攔住了！

攔住他的不是慕梵，而是一個根本不可能出現在這裡的人——有奕巳。

黑髮青年全身遍布著耀眼的銀色光芒，淡淡的銀色斑紋爬上了他的臉部，讓整個人顯得異常綺麗。最令人吃驚的是，他竟然以區區人形，擋下了艾因在鯨鯊形態下的全力一擊。

事實上，這不是他一個人的力量。

在背後支撐他、傳遞這份力量給他的人，是慕梵。而同樣的，他作為萬星的力量，也傳遞給了鯨鯊。兩人現在同時擁有一份力量，而兩者相加，卻不是簡單的合二為一。

而是變得十倍的強大！

有奕巳笑了，感受著與慕梵聯手掌控的這些力量。

西里硫斯說的果然沒錯。

人類與海裔，本就是同一個起源，而他們重新凝聚在一起的力量，足以戰勝一切！

艾因！

有奕巳下定決心，看著眼前的人。

我不會再給你，傷害任何一人的機會！

又是出乎意料的發展。

又是這樣的眼神。

當對方的反擊迎面襲來的時候，艾因心裡卻是出乎意料的平靜。在這一刻，他腦海中唯一閃過的念頭，竟然是釋然。

啊，終於想起來了。

閉上眼的那一刻，艾因的嘴角浮起笑容。

二十年前，那個被他吞噬的男人的最後一句話。

我說值得就值得。

那種蠻不講理的態度，真是有點羨慕啊。

如果他也能有那樣的毅力，是不是這作為複製體的無聊的一生，也可以活得更精彩一些呢？

近乎淹沒整個宇域的光芒，驟然炸裂開來！

同一時間，無論是人類、海裔，還是改造人，都不由自主地停下了動作。

他們看著戰場的最中心，看著代表著結束與覆滅的最燦爛的煙火。

「竟然這麼快就結束了。」

衛止江苦笑。

一切都好像，在夢境一般。

惡夢一般的犧牲、死亡，泥沼一般讓人沉淪的戰役。

結束時，卻像戛然而止的句點，沒有留下任何餘燼。

在戰場核心，慕梵化為人形，從背後環住了有奕巳。

一切都結束了嗎？

有奕巳看著手心，有些不敢置信。

難以想像，像艾因那樣強大的人，竟然就這樣被他們終結了。

彷彿聽到他的聲音，慕梵緊緊抱住他，低喃。

還沒有結束。無論是新人類聯盟，還是我們。

是啊，新人類聯盟的首腦還沒有落網，各地的餘孽也沒有剷除乾淨，怎麼能說就此結束了？

就算將這個組織全部清除，對於他們來說，未來還遠遠沒有告終。

無論是帶著有奕巳的血樣，再次返回五萬年前的西里硫斯，還是在北辰等著他們凱旋的有王耀，對於所有人來說，這一切都才剛開始。

慕梵將頭貼近有奕巳的脖頸，親暱地蹭了蹭。

曖昧的溫度喚回了有奕巳的神智，他看著依舊有些顫抖的雙手，回想著這一切。

新的輪迴，和舊的過去。

就像西里硫斯說的那樣，是他們創造了歷史。

一切，都會有新的變化。

慢慢地，一步步地，從這一場戰役，然後延伸到整個時局。

他掌握的新力量，以及他身後的伙伴們，都會協助他一點一點地開拓未來。

但，前提是——

你這傢伙，究竟還要纏著我多久？

放開我！

不要咬我脖子，快住手。

慕梵！

——他得先甩開身後這個黏人的包袱！

被有奕巳一再推開，慕梵惱怒地咬住懷中之人的脖子，他用力地吮吸著，不懷好意地想。

從現在起，你就別想再甩開我。

無論是幾日之後，有奕巳帶著艦隊返回北辰。
還是在他完成實習，正式獲得檢察官資格、受封銀英勳章時。
或者是在更久之後，眼前的黑髮青年終於踏上了那至高的地位。
慕梵永遠都陪伴在他身邊。
然後，等到塵埃落盡的那一天，他們會一同帶著希望，到遠古的過去迎接他們的兄長。
到時候，該跟有琰炙怎麼說呢？
你好，我是有奕巳，你的弟弟。
你好，我是慕梵，你的另一個弟弟兼弟夫。
如果時間倒流，回到兩人相遇之前，在面對梅德利的那個問題時，慕梵也許會換一個答案。
如果您再遇到一個「萬星」，您會怎麼做？
我會感謝海神，讓我擁有擁抱他的機會。

——《星際首席檢察官05》完
——《星際首席檢察官》全系列完

高寶書版集團
gobooks.com.tw

BL053
星際首席檢察官05(完)

作　　者　YY的劣跡
繪　　者　あさ
編　　輯　林雨欣
校　　對　任芸慧
美術編輯　彭裕芳
排　　版　彭立瑋

發 行 人　朱凱蕾
出　　版　英屬維京群島商高寶國際有限公司臺灣分公司
　　　　　Global Group Holdings, Ltd.
地　　址　臺北市內湖區洲子街88號3樓
網　　址　www.gobooks.com.tw
電　　話　(02) 27992788
電　　郵　readers@gobooks.com.tw（讀者服務部）
　　　　　pr@gobooks.com.tw（公關諮詢部）
傳　　真　出版部　(02) 27990909　行銷部 (02) 27993088
郵政劃撥　50404557
戶　　名　三日月書版股份有限公司
發　　行　三日月書版股份有限公司/Printed in Taiwan
初版日期　2021年 2 月
二刷日期　2021年 3 月

國家圖書館出版品預行編目(CIP)資料

星際首席檢察官 / YY的劣跡著.-- 初版. -- 臺北市
：英屬維京群島商高寶國際有限公司臺灣分公司出
版：三日月書版股份有限公司發行, 2021.02-
　冊；　公分. --

ISBN 978-986-361-963-5(第5冊：平裝)

863.57　　　　　　　　109018902

三日月書版

三日月書版

GOBOOKS
& SITAK
GROUP©